KB114220

투신

강태산

투신 강태산 2

박선우 장편소설

초판 1쇄 찍은 날 § 2016년 9월 23일
초판 1쇄 펴낸 날 § 2016년 9월 30일

지은이 § 박선우
펴낸이 § 서경석

편집책임 § 이창진

펴낸곳 § 도서출판 청어람
등록번호 § 제387-1999-000006호
등록일자 § 1999. 5. 31
어람번호 § 제1-2531호

주소 § 경기도 부천시 원미구 부일로 483번길 40 서경B/D 3F (우) 14640
전화 § 032-656-4452 팩스 § 032-656-4453
http://www.chungeoram.com
E-mail § chungeorambook@daum.net

ⓒ 박선우, 2016

ISBN 979-11-04-90981-8 04810
ISBN 979-11-04-90979-5 (세트)

투신
강태산

박선우 장편소설

FUSION FANTASTIC STORY

②

투신
강태산

CONTENTS

제1장

사람으로 살고 싶은 이유

윌리엄스는 자신이 계획한 프로젝트가 수포로 돌아가면서 본국의 CIA 국장 하워드에게 시말서를 제출했다.

역시 하워드는 여우였다.

일이 예상했던 것처럼 돌아가지 않자 그는 즉시 윌리엄스가 계획한 작전을 원점으로 되돌리고 한국 정부에 적극 협조하는 순발력을 발휘했다.

억울했지만 어쩔 수 없었다.

그가 중간에 나서서 일을 봉합하지 않았더라면 자칫 양국의 관계가 극도로 악화되는 상황까지 진행될 수 있었다.

그리되면 그는 그에 대한 모든 책임을 지고 옷을 벗어야 되었을지도 모른다.

하워드가 나서서 미국 정부를 움직여 한국 특전사의 구출 작전에 참여하겠다는 액션을 취했지만 한국 정부는 그것을 단호하게 거절했다.

우방 국가로서 무상으로 지원하겠다는 약속까지 했음에도 그들은 제의를 받아들이지 않았다.

예상했던 것처럼 한국 정부는 미국의 의도를 간파하고 있었다는 뜻이었다.

물론 프로젝트의 진행에는 그런 모든 것이 담겨 있었다.

한국 정부가 설혹 안다 해도 미국의 막대한 이익이 보장된다면 그 정도의 출혈은 충분히 감수할 의향이 있었다.

하지만, 한국이 가지고 있는 비장의 한 수는 너무나 강력한 것이었다.

윌리엄스는 세계 최강의 특수부대가 델타포스라고 단언해 왔다.

그만큼 델타포스는 불가능한 작전을 수도 없이 성공시키며 그 위력을 전 세계에 떨친 막강한 조직이었다.

그러나 그런 믿음은 시리아의 후방에 침투하여 IS의 지도부를 박살 낸 한국의 특전사들을 본 순간 순식간에 사라지고 말았다.

단 하루 만에 야간공격을 감행해서 IS 최강 부대라는 바라크의 본진을 초토화시킨 것도 믿기지 않는 일인데 그들은 3일 동안 알라크의 외곽을 휩쓸며 그야말로 무풍지경으로 적진을 향해 공격을 퍼부었다.

맞다. 그들이 택한 것은 도주가 아니라 마치 전 세계에 자신들의 용맹함을 선전이라도 하려는 듯 치밀하고도 광포한 공격을 무차별적으로 퍼부은 것이다.

세계 어떤 특수부대가 단 일곱 명으로 만여 명에 육박하는 IS 전사들을 유린할 수 있단 말인가.

단언컨대 그런 능력을 가진 부대는 절대 존재하지 않는다.

그러나, 더욱 믿어지지 않는 일이 발생한 것은 인공위성으로 그들의 실시간 행동을 확인할 수 없었던 마지막 날 밤에 일어났다.

한국 지부뿐만 아니라 본토에서까지 한국 특전사의 행동은 초미의 관심사였기 때문에 그들이 어떻게 탈출할 것인가를 두고 내기까지 벌어질 정도였다.

그랬기에 날이 밝자마자 IP—300 위성을 이용해서 알라크 지역을 샅샅이 훑은 정보국은 충격에 젖어 한동안 누구도 말을 하지 못했다.

지옥.

한국 특전사가 탈출한 지역은 한마디로 지옥이 펼쳐져 있었다.

CIA 국장 하워드가 이틀 전 지급으로 한국의 특전사에 대한 정보를 알아내라고 명령을 한 것은 어찌 보면 당연한 일이었다.

그는 IS를 공격한 자들이 한국 측에서 발표한 707이 아니라고 확신하는 것 같았다.

한국에서 가장 강한 자들로 구성되었다는 707특임대가 아니라면 과연 그들은 누구일까?

이렇게 강력한 특수부대라면 세계 곳곳을 들쑤시는 미국의 안보에도 막대한 영향을 끼칠 가능성이 무척 높았다.

＊　　　　＊　　　　＊

윌리엄스는 문을 열고 들어서는 리차드를 향해 급하게 입을 열었다.

평소라면 여유 있고 품위 있는 모습으로 리차드가 자리에 앉을 때까지 기다렸겠지만 지금은 그가 가지고 온 정보가 너무 궁금했기에 참을 수가 없었다.

"어찌 되었나?"

"지부장님 예상대롭니다. 놈들은 전부 가짜 여권을 사용했습니다."

"추적 결과는?"

"실재하는 인물은 아무도 없었지만 여권은 위조된 것이 아니라 대한민국 정부에서 발행한 것이 확실했습니다."

리차드의 대답에 윌리엄스가 인상을 쓰면서 고개를 끄덕였다.

예상했던 결과였기 때문이었다.

하지만 그는 거기서 머물지 않고 계속해서 자신의 궁금증을 물었다.

"그랬겠지… 들어갈 때와 나올 때도 같은 여권을 사용했던가?"

"아닙니다. 다른 여권이었습니다."

"이 새끼들, 철저하게 준비했었던 모양이구만. 터키에 들어가면서 무기를 가져가지는 못했을 거다. 그렇다면 현지에서 받았다는 건데 누가 도운 것 같나?"

"아무래도 터키에 나가 있는 국정원 요원들이 움직인 것 같습니다."

"그자를 잡으면 놈들의 얼굴을 확인할 수 있을까?"

"쉽지는 않을 겁니다. 놈들 역시 우리가 추적할 수 있다는 것을 염두에 두었을 테니까 지금은 자취를 감췄을 겁니다."

리차드의 대답에 윌리엄스의 표정이 더욱 일그러졌다.

하지만 그는 절대 포기할 생각이 없는 것 같았다.

"인공위성에 찍힌 얼굴은?"

"있습니다. 하지만 교묘하게 얼굴을 가려 알아보기 힘듭니다. 매우 철저한 놈들입니다."

"더럽게 꼬이는군."

"어쩔까요?"

"일단 특전사령부 쪽을 파 들어가 봐. 한국 놈들이 멍청하지 않은 이상 텔레비전에 나온 놈들은 가짜일 가능성이 커. 밖에서 변죽을 올리는 것보다는 직접 안을 들여다보는 것이 좋을 것 같다."

"그건 쉽지 않을 것 같습니다. 한국의 특전사는 무척 폐쇄적인 집단이라 줄을 대기가 어렵습니다."

"우리에게는 세계 최고의 해커 부대가 있잖아. 걔들을 이용해서 그놈들 시크릿 카드를 열어."

"알겠습니다."

"그리고 우리 쪽 개들도 동원하고. 특전사령관과 긴밀한 관계를 가진 자가 누군지 알아내서 접근시켜. 리차드, 이건 그냥 넘길 사안이 아니라는 거 명심해라. 알아내지 못하면 너나 나나 하워드의 등쌀에 피가 마를 거다."

"모든 인맥을 동원해 보겠습니다. 지부장님, 그래도 안 되면 마지막 카드를 써도 되겠습니까?"

"써. 대신 무조건 알아내!"

*　　　　*　　　　*

강태산은 본부에 들러 최 국장에게 잔소리를 들은 후 신촌으로 향했다.

국장은 그를 보자마자 커피도 주지 않고 전투 과정에서 상부의 명령을 듣지 않은 채 독단적으로 행동한 것에 대해 끊임없이 신경질을 냈다.

귀는 따가웠으나 그 모습을 보자 너무나 반가웠다.

벌써 10년이 훌쩍 넘는 동안 생사고락을 같이한 최 국장은 잔소리를 하면서도 그가 무사히 돌아온 것을 더없이 기뻐하고 있었다.

얼마의 시간이 지났을까.

강태산은 그가 스스로 지쳐 그만둘 때까지 조용히 자리를 지키다가 일어서면서 한마디만 했다.

"국장님, 제 모습 보이시죠? 이렇게는 집에 못 가니까 옷 사 입게 돈이나 주세요. 지금 가지고 있는 돈이 한 푼도 없습니다. 설마 제가 집에서 쫓겨나기를 바라지는 않겠죠?"

"네 눈에는 내가 지갑으로 보이냐! 도대체 왜 맨날 나만 보면 돈 달라고 그러는 거야? 나도 처자식 벌어 먹이느라 등골이 빠지는 사람이라고!"

최 국장은 소리를 빽빽 질렀지만 결국 지갑을 꺼내 탈탈 털었다.

소탈한 사람 같으니라고.

지갑에 든 돈은 전부 합해서 십이만 원뿐이었다.

강태산은 그 돈을 가지고 재빨리 나와 신촌으로 향했다.

처음부터 옷을 살 생각은 없었다.

어차피 그 돈으로는 옷을 사지도 못할뿐더러 옷보다는 오랜만에 만나는 동생들을 위해 소고기를 사 갈 생각이었다.

문을 열고 빼꼼 들여다보자 은정이는 마당에서 빨래를 너는 중이었고 은영이는 거실에 배를 깔고 누워 텔레비전을 보고 있었다.

지은 죄가 있으니 당당하게 나서지 못하고 살며시 문을 열고 들어섰다.

그러나 그렇게 조심했는데도 은정은 귀신처럼 강태산이 들어오는 것을 확인하고 소리부터 질렀다.

"엄마, 오빠 왔어! 나와봐!"

"조용히 좀 해. 이모 놀라겠다."

"뭘 조용해, 이 화상아. 도대체 어디 갔다가 이제 오는 거야?"

"어디 갔다 오긴. 일하고 왔지."

어느새 순박한 얼굴로 변한 강태산이 머리를 긁으며 미안한 표정을 지었다.

급한 일이 있어 출장을 가겠다는 전화 한 통 해놓고 집을 나간 지 한 달이 훌쩍 넘었으니 은정이 신경질을 내는 게 충분히 이해가 갔다.

하지만, 동생들의 반응은 예상했던 것보다 훨씬 강력했다.

어느새 거실에서 내려온 은영은 아예 허리까지 짚은 채 강태산을 노려보고 있었는데 조금이라도 수틀리면 무력까지 행사할 내세웠다.

"오빠, 한 대 맞고 시작하자. 사람이 나이가 먹으면 철이 들어야지. 이렇게 식구들 걱정하게 만들고 발 뻗고 잠이 왔냐?"

"그렇게 됐어. 미안해."

"미안하면 다야? 그 거지꼴은 또 뭐고. 어디서 빌어먹다 온 거야. 옷이 왜 그래!"

"바빠서 갈아입지 못했어."

"얼마나 바빴기에 온몸에 흙투성이가 된 옷을 입고 다녀. 내가 속상해서 정말 미치겠네."

은영이 소리를 빽 질렀다.

하지만 그녀의 눈에 들어 있는 것은 질책이 아니라 마음에서 우러나온 안타까움이었다.

오빠를 생각하는 그녀의 마음이 그 눈에 고스란히 담겨 있었기에 강태산은 은영이 화를 냈어도 바보처럼 웃기만 했다.

권 여사가 안방에서 뒤늦게 나온 것은 두 여자가 강태산을 붙잡고 옷을 벗기려 할 때였다.

"너희들 뭐하는 짓이야?"

"오빠가 옷을 안 벗으려 해. 너무 더러워서 옷부터 벗겨야 된단 말이야."

"도대체 다 큰 것들이 하는 짓하고는… 태산아, 어디 갔다 온 거니. 우리가 얼마나 걱정했는지 알아!"

"미안해요, 이모. 회사에서 가이드 한 명이 펑크를 내는 바람에 제가 급히 출장을 가야 했어요."

"어딜 갔었는데?"

"아프리카요. 케냐하고 콩고, 탄자니아까지 일주하는 여행이라 시간이 많이 걸렸어요."

강태산의 대답에 권 여사를 포함한 세 여자가 동시에 두 눈을 깜박이며 부지런히 생각에 잠겼다.

언뜻 이해가 가지 않았기 때문이었다.

제일 먼저 정신을 차린 것은 은정이었다.

"여행사에서 무슨 아프리카를 가냐? 그런 오지에 가는 여행객이 어디 있어!"

"글쎄 말이야. 가뭄에 콩 나듯이 가는 팀들이 있어서 우리도 무척 괴로워. 먹고살자니 안 간다고 할 수도 없고."

"오빠 아프리카 말도 못 하잖아. 그런데 무슨 가이드를 해?"

"일정 가이드만 했어. 거기 가면 원주민 가이드가 별도로 있어서 아프리카 말 못 해도 된다."

"와… 이거, 알리바이가 막히는 게 없네."

"그렇지 언니. 이것 참, 완전범죄가 따로 없다."

"범죄는 무슨… 이모, 내가 소고기 사 왔어요. 우리 오랜만에 배 터지게 고기 먹어요."

"생선 구워놨는데 갑자기 무슨 고기야."

"오랫동안 고기를 못 먹었더니 눈이 뱅뱅 돌아요. 오늘은 반드시 고기를 먹어야 해요. 영양 보충을 못 했더니 한 달 만에 얼굴이 반쪽 됐어요."

"알았어. 우리 태산이가 먹고 싶다는데 힘들더라도 내가 해쥐야지. 냄새나니까 일단 씻어라. 얼마나 못 씻었으면 그렇게 깔끔 떨던 몸에서 냄새까지 나니. 에구… 불쌍해 죽겠네."

"깔끔은 무슨…….. 엄마 우리 말은 똑바로 하자. 오빠가 얼마나 게으른 사람인데 그런 소릴 해?"

"내가 언제?"

"잠자고 침대에서 고대로 빠져나와 내가 이불 개어준 게 한두 번이냐?"

"그거야 바빠서 그랬지."

"호홍, 말이나 못해서야죠. 그럼 추리닝하고 팬티를 장롱에 숨겨놓은 건 뭐고. 그거 모두 꺼내니까 장사하고도 남겠더라."

"또 꺼냈어? 내가 빤다고 했잖아!"

"가까이 다가오지 마. 냄새 옮긴다고. 가까이 오면 소리 지른다!"

"넌 다 큰 애가 왜 맨날 오빠 속옷을 찾고 그러냐. 너 변태냐?"

"방에서 퀴퀴한 냄새가 나니까 그렇지!"

"아이고, 내가 너희들 때문에 미치겠다. 어떻게 된 애들이 번갈아가면서 남자 속옷을 빨겠다고 설쳐? 내가 알아서 한다고 몇 번이나 말해!"

강태산이 반항하듯 소리를 질렀다.

억울함이 가득 담긴 음성은 설득력이 흘러넘쳤다. 그러나 두 여자는 사악한 미소를 흘리며 부드럽고도 달콤한 목소리로 강태산의 심장을 뒤집어놨다.

"왜, 부끄러워?"

현수는 여전히 집에 돌아오자마자 언제나처럼 강태산의 품에 안겼다.

그는 여동생들과는 다르게 강태산의 품에 안겨 오랜 외유에서 돌아온 아버지를 대하는 것처럼 반가움을 숨기지 못했다.

언제나 그렇다.

하늘 같은 믿음.

강태산을 대하는 현수의 마음은 사랑과 존경이 항상 같이한다.

"형, 아프리카 갔다 왔다며, 어디 아픈 데는 없어?"

"응. 나는 괜찮아."

"거긴 전염병이 많다고 하던데 열이 오른다든가 그런 건 없지?"

"인마, 형이 이래 보여도 무척 튼튼한 몸을 가져서 면역력이 좋아."

"다행이다."

"튼튼하긴 개뿔. 내가 보기엔 비실비실하구먼."

현수가 밝게 웃는 걸 보면서 은영이 시비를 걸었다.

하긴 그렇게 보일 만도 하다.

강태산의 몸은 키에 비해 바짝 마른 것처럼 보인다.

현천기공을 익히면서 신체가 최적화되었기 때문에 쓸데없는 지방이 전부 빠져나갔기 때문이었다.

물론 옷을 벗으면 다르겠지만 한 번도 강태산의 맨몸을 본 적이 없는 은영은 툭하면 이것저것 가리지 말고 먹으라며 성화를 부렸다.

남자는 어느 정도 몸집이 있어야 보기 좋다는 게 이유였다.

한두 번 들은 소리가 아니었기에 강태산은 아예 말대꾸조차 하지 않고 홱 하니 고개를 돌렸다.

아니라고 변명을 해봤자 은영이 믿어줄 리 없었다.

하지만 여동생들의 잔소리는 밥 먹으면서도 끊임없이 계속되었다.

"고기만 먹지 말고 채소도 같이 먹으라고 했잖아. 뭔 남자가 그리 가리는 게 많냐!"

"누가 그러던데 채소 먹으면 살이 안 찐대. 살찌라면서 딴소리하는 거 아니다."

"아이 씨. 그거와 그건 다른 거지. 영양소를 골고루 섭취해야 신체가 단단해지고 균형이 잡힌단 말이야."

"싫어. 난 고기만 먹는 게 좋아. 비싼 고기를 먹으면서 쌈 싸 먹는 건 야만인이나 하는 짓이라고 그랬어."

"누가?"

"우리 부장님이."

"하이고……."

뻔뻔한 대답에 은정이 하품을 흘려냈다.

생전 처음 들어보는 이야기였기 때문이었다.

하지만, 방금 말한 건 사실 강태산이 직접 들은 것이기도 했다.

최 국장은 가끔가다 좋은 곳에 가서 고기를 먹을 때면 오직 소금만 조금씩 찍어서 먹었다.

진정한 고기 맛을 느끼기 위해서는 다른 어떤 것도 같이 먹으면 안 된다는 논리였다.

그래서 버텼는데 결과는 예전처럼 좋지 않았다.

어느새 은정은 상추에다 고기를 담고 갖가지 채소를 얹어서 불쑥 내밀고 있었던 것이다.

"눈 꼭 감고 그냥 먹어라. 고개 돌리거나 반항하면 죽는다."

"도대체 나한테 왜 이래. 나한테도 고기 먹을 자유를 줘!"

미처 반항할 새도 없었다.

거의 입안까지 들이미는 은정의 행동은 피할 수 없을 만큼 신속하고도 정확했다.

어쩔 수 없이 강태산이 받아먹자 은정이 배시시 미소를 지었고 권 여사가 옆에서 재미있다는 듯 꺄르르 웃음을 터뜨렸다.

현수가 말도 안 되는 질문을 한 것은 강태산이 억울한 표정으로 쌈에 쌓인 고기를 꿀꺽 삼켰을 때였다.

"형, 아프리카에는 원주민들이 많다고 하던데 봤어?"

"응? 으응……."

"정말 거기는 여자들이 다 벗고 다녀?"

하도 어이없는 질문에 강태산의 시선이 본능적으로 여동생들을 향했다.

현수는 텔레비전에서 방영된 아마존 원주민들의 생활을 보면서 궁금한 걸 물은 게 틀림없었다.

아니라고 하면 이상할 것 같아서 대충 대답을 얼버무리고 싶었지만 그때 은정이 또 나섰다.

그녀는 강태산의 행동에서 뭔가 이상한 낌새를 느낀 모양이었다.

"왜 우리 눈치를 봐. 오빠 정말 봤구나!"

"아니야. 못 봤어."

"에이, 봐놓고 못 본 척하는 것 같은데. 좋았나 봐?"

"밥이나 먹어. 유도 심문 하지 말고. 난 절대 못 봤다."

"호호호, 쫌생이 같으니라구."

"그만해라. 오빠 밥도 못 먹겠다."

놀려먹는 재미에 중독된 여동생들을 향해 권 여사가 눈총을 주면서 강태산의 밥그릇에 고기를 올려놓았다.

역시 그의 편은 권 여사와 현수뿐이었다.

밥을 먹고 권 여사가 설거지를 하는 동안 강태산은 은정이 타 온 커피를 마시며 텔레비전을 틀었다.

텔레비전에서는 여전히 IS 관련 특집 뉴스가 끊임없이 계속되고 있었다.

특전사들의 활약상을 그린 자료 화면은 CNN에서 제공된 것이었는데 바로 자신과 청룡의 모습이 담겨 있는 것이었다.

세상 참 무섭다.

얼마나 과학이 발달되었는지 이역만리 타국에서 목숨 걸고 싸운 장면들이 고스란히 노출되는 걸 보면 으스스한 기분이 들 정도다.

"오빠, 아프리카에 있었기 때문에 이번 사건에 대해서 자세히 모르겠다. 그렇지?"

"대충은 오면서 들었어."

"정말 우리나라 특전사들 대단해. 뉴스에서는 백 명 정도가 파견됐는데 그 인원으로 IS의 지도자들을 전부 사살했다는 거야. 이런 성과는 세계 최강이라는 델타포스도 이루지 못한 거래."

거짓말이다.

정부에서는 언론에게 병력수를 부풀려서 알려준 모양이었다.

"원래 우리나라 애들이 싸움은 잘해."

"호호, 아는 칙은."

"오빠가 특수부대 출신이라서 잘 안다."

"킥… 오빠야, 어떻게 얼굴색 하나 변하지 않고 그럴 수가 있냐. 동사무소 상근 공익이 언제 특수부대로 변했어. 정말 얼굴 두껍다."

은영이 웃음을 참지 못하고 실소를 터뜨렸다.

식구들은 강태산이 군대를 가지 않은 것으로 알고 있었다.

실제로 청룡에 몸을 담으면서 군대를 가지 않았기 때문에 식구들에게는 상근 공익 근무를 한 것으로 이야기했다.

식구들은 그가 군대를 가지 않은 이유에 대해서는 묻지 않았다.

그저 사랑하는 오빠와 형이 오랜 시간 집을 비우지 않는 것만으로 그들은 정말 다행이라고 생각했으니까.

아무리 군에 대해 무지해도 공익 요원은 군인으로 쳐주지 않는다는 것 정도는 알기에 은영은 강태산의 말에 기가 막힌다는 표정을 숨기지 않았다.

하지만 강태산은 뻔뻔한 얼굴로 자기의 주장을 굽히지 않았다.

"네가 몰라서 그러는데 공익이 최고로 힘든 데야. 우리나라 군인들 중에서 유격 훈련을 제일 많이 받는 게 공익 요원들이다. 오죽하면 최강이라는 특전사와 비유되겠어?"

"됐다. 그만해라. 저기 특전사 아저씨들 열 받아서 화면 뚫고 튀어나오겠다."

"흥!"

"콧방귀 뀌지 말고 저 사람들 좀 봐. 우와, 얼마나 멋지냐. 오빠와는 다르게 포스가 무시무시하잖아."

"그건 누나 말이 맞다. 난 특전사가 저렇게 멋진 사람들인지 이번에 처음 알았어. 나도 나중에 군대 가게 되면 특전사를 지원할 거야."

현수마저 은영의 말에 동조했다.

하긴 요즘 IS 사건으로 인해 이 땅의 젊은이들 사이에서는 특전사를 우상화하는 분위기가 점차 커져가는 중이었다.

강태산은 동생들의 말을 듣고 속으로 쓴웃음을 지었다.

과연 동생들은 저기 화면에 비친 사람이 자신이라는 사실을 알게 되면 어떤 표정을 지을까.

아마 기절하겠지.

생각만 해도 기분이 싸하게 가라앉았다.

그것은 절대 일어나서는 안 되는 일이었다.

하지만 그의 입에서 흘러나온 것은 생각과 전혀 다른 내용이었다.

"인마, 특전사는 아무나 가는 줄 알아? 너처럼 체력이 약하면 절대 못 가. 그러니까 공부도 좋지만 틈틈이 운동도 하고 그래."

"사돈 남 말 하시네."

"내가 뭘?"

"내가 봤을 때 현수 체력이나 오빠나 그 나물에 그 밥이거든."

"야, 내가 저기 나오는 애들보다는 못하겠지만 그래도 대한민국 평균은 된다."

"저 사람들은 중동에 있는 시리아까지 가서 대한민국의 위상을 한껏 높인 사람들이다. 목숨까지 걸고 싸운 사람들이라고. 비교할 걸 비교해."

"나는 아프리카에 가서 수많은 곤충들과 싸운 사람이야. 이거 왜 이래. 나도 나름대로 대한민국의 위상을 높이기 위해 노력했어."

"그걸 자랑이라고 하는 거냐?"

"응. 자랑이다."

"헐. 내가 말을 말아야지."

은영이 입맛을 다시면서 황당하다는 표정을 마구 보내왔다.

조금이라도 유사한 비유를 했다면 친애하는 오빠에게 살며시 고개를 끄덕여 주련만 이건 팥하고 콩이 똑같다고 우기는 것과 마찬가지였다.

중간에서 강태산의 위기를 구해준 건 현수였다.

"그런데, 형. 저기 특전사 군인들은 얼굴을 왜 가린 거야?"

"저 사람들은 스페셜 포스라서 신분이 노출되면 안 돼. 특별한 임무를 수행하는 사람들이라서 저렇게 마스크를 쓰는 거야."

"보기 안 좋아. 사람 얼굴을 저렇게 가리면 부모님도 못 알아보잖아."

이번에는 은정이 중간에서 끼어들었다.

그녀는 텔레비전에 들어갈 것처럼 뉴스에 빠져 있었는데 특전사를 바라보는 눈빛이 애잔하기 그지없었다.

화면은 전투 장면에서 바뀌어 이제 막 차려진 전사자들의 합동 분향소를 비추고 있었기 때문이었다.

그러던, 한순간.

화면이 분주하게 바뀌더니 앵커의 목소리가 갑작스럽게 커졌다.

"말씀드리는 순간 박무현 대통령이 도착했다는 소식입니다. 대통령은 누구보다 먼저 전사자들에 대한 명복을 빌고 싶다고 말했는데 유족들이 그 요청을 받아들인 걸로 알려져 있습니다. 아, 지금 대통령이 분향소로 들어오고 있습니다……."

*   *   *

박무현 대통령은 수많은 카메라의 플래시를 뒤로하고 분향소 앞에 서서 두 손을 모았다.

길게 늘어선 영정 사진의 숫자는 모두 합해 열아홉 개였다.

그들은 굴레처럼 씌이 있던 검은색 마스크를 이제야 겨우 벗은 채 어디서든 볼 수 있는 젊은이의 모습으로 돌아가 밝게 웃고 있었다.

그 얼굴을 똑바로 마주 바라볼 수 없었다.

자신이 결정한 작전이었으니 그들을 사지로 내몬 것도 결국 자신이었다.

슬픔보다 먼저 떠오른 것은 미안함이었다.

푸른 청춘을 이제 땅에 묻고 영면하게 된 젊은이들은 자신에게 죽을 때까지 비수가 되어 가슴에 고통이란 이름으로 틀어박힐 것이다.

향을 들어 불꽃에 가져갔다.

이제는 모든 짐을 내려놓고 편안하게 쉴 수 있도록 간절히 기도하면서 고개를 조아렸다.

분향을 마치고 기다리는 유족들에게 다가가자 자신이 도착하면서 잠시 동안 참고 견디던 슬픔이 그들에게서 한꺼번에 폭발하듯 터져 나왔다.

아들을 잃은 어머니의 눈물과 절규, 아버지의 충혈된 눈이 자신을 바라보고 있었다.

한동안 말없이 그들을 지켜보며 망부석처럼 서서 움직이지 못했다.

무공훈장을 수여하는 것이 무슨 의미가 있을 것이며 많은 돈을 준다 한들 그들의 슬픔을 어찌 막을 수 있겠는가.

그럼에도 힘들게 다가갔다.

자신으로 인해 사랑하는 사람을 잃은 그들에게 미안함

과… 그리고 고마움을 전해야 했다.

"여러분… 죄송합니다. 제가 모두 부덕해서 일어난 일입니다."

"흑흑… 아니에요. 대통령님이 잘못하신 게 아니에요."

박무현 대통령이 내민 손을 붙잡고 검은 소복을 입은 미망인이 눈물 속에서 고개를 좌우로 흔들며 오히려 위로를 해왔다.

그것은 옆에 주욱 늘어선 유가족들 전부에게서 공통적으로 나타난 현상이었다.

그러나 아닌 사람도 있었다.

얼굴에 밭고랑처럼 주름살이 가득한 할머니는 대통령이 다가오자 대뜸 다가와 소리를 질러댔다.

그녀의 비명은 마치 활에 맞은 기러기처럼 더없이 처량하고 슬픈 것이었다.

"내 나이 마흔에 얻은 자식이요. 내 아들 살려내… 내 아들… 제발, 다시 살려줘요. 대통령님, 내 아들 좀 돌려주세요!"

＊　　　　　＊　　　　　＊

IS로 인한 열풍은 꽤 오랫동안 지속되었다.

이역만리 조국을 위해서 목숨을 바친 전사들의 분향소에는 국민들의 발길이 끊이지 않았고 IS의 추가적인 테러 가능성으로 인해 정부는 대책을 세우느라 바쁜 나날들을 보냈다.

대한민국에 대한 전 세계의 시각은 이번 사건으로 인해 엄청난 변화를 보였다.

참고 견디며 인고의 세월을 보내던 나라.

누군가를 해코지하는 걸 극도로 싫어하고 분단으로 인해 미국에 많은 부분을 의지하며 살던 나라였기에 그들은 IS의 테러 사건이 일어난 후에도 대한민국이 어떠한 대처도 하지 못할 거라 예상했다.

하지만, 대통령이 직접 파병을 결의하면서 IS에 대한 철저한 응징을 다짐하자 세계 각국은 경악을 금치 못했다.

전혀 예상하지 못했던 행보.

세계는 놀라움을 숨기지 못했으나 곧 전 언론에서 들고일어나며 대한민국의 과감한 결단에 환호성을 보내기 시작했다.

자신들이 하지 못한 일들을 누군가가 나서 총대 멘다는 것은 충분히 박수 쳐줄 일이기 때문이었다.

그러나 각국의 정부나 정보기관은 뉴스와는 다르게 뒤에서 대한민국 정부의 무모함을 비웃었다.

미국의 장단에 놀아나 수많은 젊은 목숨을 전장에 내보내고 경제를 파탄으로 몰아넣는 박무현 정부의 행위는 바보 같은 짓이나 다름없는 것이었다.

그런 와중에 터진 IS 수뇌부의 사살.

누구도 예상하지 못했던 급습.

단 보름 만에 벌어진 사막의 늑대 사냥은 다시 한 번 전 세계를 충격으로 몰아넣었기에 충분하고도 남았다.

박무현 정부를 비웃던 마음은 그가 전 세계의 이목을 감쪽같이 속이고 이중, 삼중의 전략을 펼쳐 IS를 완벽하게 제압해 버리자 한순간에 허공을 떠돌던 바람처럼 그들의 가슴속에서 일제히 사라져 버렸다.

적의 심장부를 단 오 일 만에 초토화시킨 대한민국 특전사의 강력함은 유사 이래 어떤 전장에서도 보지 못할 정도로 완벽하고 대단한 것이었다.

*   *   *

아무리 충격적인 일도 시간이 지나면 사람들의 뇌리에서 점차 희미해져 간다.

최근에 발생한 사건들은 국민들을 강력한 충격 속으로 몰아넣었지만 한 달이 지나자 점점 평온한 일상으로 되돌아가기 시작했다.

분향소를 매일같이 찾으며 유족들을 위로하던 사람들도 멋지게 작전을 성공한 정부를 열렬하게 칭찬하던 사람들도 모두 하나둘 일상으로 돌아갔다.

강태산이 체육관을 찾은 것은 여론이 잠잠해지면서 국민들이 다시 요즘 한참 인기를 끌고 있는 드라마 '막내딸의 사랑'

에 빠져들고 있을 때였다.

문을 열고 들어서자 김 관장이 관원들을 지도하다가 귀신을 본 것처럼 펄쩍 뛰어올랐다.

새로 옮긴 체육관은 이전에 비해 훨씬 컸고 깨끗했는데 사방에 강태산의 사진으로 도배가 된 상태였다.

이십여 명의 관원들이 낮인데도 구슬땀을 흘리며 운동에 전념하고 있는 것은 강태산이 만덕체육관 소속이라는 이유가 컸기 때문일 것이다.

"아이고, 이놈아!"

"잘 지내셨죠?"

"나야 체육관 옮기느라 정신없이 살았지. 그런데 넌 도대체 어떻게 된 거냐?"

"일 좀 하느라 바빴습니다."

"무슨 일?"

"회사에서 급하게 출장 갈 일이 있었습니다."

강태산의 대답에 김 관장이 얼굴을 찌푸렸다.

어떤 회사에 다니는지 그는 알지 못한다. 그리고, 그동안 궁금증이 있었어도 알려 하지 않았다.

강태산이 싫어했기 때문이었다.

처음 강태산이 체육관에 찾아와서 건강을 이유로 운동을 하겠다고 했을 때 그저 고개만 끄덕였을 뿐이다.

체육관에 찾아오는 사람 중 많은 이들이 그런 이유로 찾아왔으니 꼬치꼬치 캐물을 일도 아니었다.

하지만, 강태산의 위치가 처음과는 천양지차로 변했기에 김 관장은 아직도 그가 회사를 들먹이자 한숨을 내리쉴 수밖에 없었다.

10전 전 KO승이라는 화려한 전적으로 세계 격투기를 장악하고 있는 UFC와 전격적으로 계약을 맺은 강태산은 회사를 다녀서는 안 되는 처지였다.

국내의 격투기 세계는 UFC와 비교한다면 대학교와 중학교 정도의 수준 차이가 있다.

다시 말해 죽어라고 연습해도 승부를 장담할 수 없는 강자들이 득실대는 곳이란 뜻이다.

강태산은 UFC와 맺은 계약금의 반을 체육관 옮기는 데 투자했다.

나중에 돈 많이 벌면 갚으라는 말을 하며 빙긋 웃었지만 8천만 원이란 거금을 선뜻 내미는 강태산의 배포는 지금도 이해가 되지 않는 것이었다.

그랬기에 더욱 애가 탔다.

UFC와 6경기를 뛰는 것으로 계약을 맺은 강태산은 이제 3개월 이내에 무조건 경기를 갖지 않으면 계약 위반에 걸리기 때문이었다.

"운동은?"

"이제 해야죠."

"내가 너 때문에 요즘 다이어트를 안 해도 꼬박꼬박 체중이 빠진다."

"형!"

김 관장이 한숨을 내리쉬는 순간 화장실 문이 열리며 김만덕이 강태산을 보고 미친놈처럼 뛰어왔다.

위기를 느낀 강태산이 급히 몸을 피하지 않았다면 놈은 그를 끌어안고 바닥에 뒹굴었을 것이다.

"잘 있었냐?"

"연락 한 번 안 하고 이게 뭐하는 짓이야. 선수가 이렇게 코치진을 엿 먹여도 되는 거냐?"

"얼씨구."

"뭐가, 얼씨구야. 우리 계약한 거 잊었어? 아버지하고 내가 형 매니저고 코치 맞잖아!"

"그건 그렇네."

김만덕이 코 평수를 넓히며 큰소리를 치자 강태산이 싱긋 웃었다.

UFC와 계약한 후 김 관장과도 매니저 및 코치 계약을 맺었기 때문이었다.

물론 거기에는 김만덕도 포함되어 있었다.

"아주 연락 끊고 살지 갑자기 왜 나타났어. 체육관이 형 심심하면 나오는 데야?"

"귀 아파. 잔소리 좀 그만해. 넌 체구도 남산만 한 놈이 입이 그렇게 가볍냐!"

"아이고야, 한 달도 넘게 나타나서 한다는 소리하고는… 내가 기가 막혀서 말이 안 나오네."

"까불지 말고 운동 일정이나 잡아. 관장님, 우리 게임 잡혔습니다."

"무슨 게임?"

"삼 일 전에 UFC 측과 연락이 되었어요. 다음 달 15일에 경기할 수 있겠냐고 묻기에 괜찮다고 했습니다."

"야, 인마. 그건 나하고 상의하기로 했잖아!"

"전 본업이 따로 있어서 시간 내기가 쉽지 않습니다. 시간 날 때 부지런히 뛰어야 계약을 지킬 수 있어요. 때마침 전화가 왔기에 그러자고 했으니까 이해하세요."

"환장하겠군… 상대는 누구래?"

"미켈슨이라고 합니다."

"미켈슨… 확실히 미켈슨이야!?"

"맞습니다."

"아이고……!"

여유 있게 대답하는 강태산을 바라보며 김 관장이 머리를 짚고 쓰러졌다.

미켈슨은 MMA전적 34승 7패였고 UFC 전적도 6승 1패를 달리고 있는 차세대 에이스 중의 한 명이었기 때문이었다.

강자.

강태산이 비록 전승을 기록하고 있으나 그것은 국내에 한정된 전적이었으니 UFC 쪽에서 보면 우물 안의 개구리라 볼 수 있었다.

그에 반해 미켈슨은 주짓수의 본고장인 브라질에서 수많은 강자들과 전적을 쌓아왔고 UFC에 입성하고도 최근 4연승을 기록하면서 확실하게 자신의 입지를 다져가는 강자였다.

그랬기에 김 관장은 자리에서 벌떡 일어나며 소리를 고래고래 지르기 시작했다.

"안 돼! 못 한다고 그래. 미켈슨과는 절대 안 붙는다고 그러란 말이야!"

"관장님. 쪽팔리게 왜 이러세요."

"아무래도 UFC 이 개새끼들이 너를 엿 먹이려고 작정한 모양이다. 이제 막 데뷔하는 놈한테 그런 자식을 붙이는 게 말이 돼? 전화기 어디 있어? 제프리 조던, 이놈을 죽여 버려야 되겠다!"

"웬만하면 참으시죠. 관장님은 영어도 못 하잖습니까."

*　　　*　　　*

TCN방송의 최유진은 잘나가는 프로야구 캐스터였다.

무려 350 대 1의 경쟁률을 뚫고 TCN에 입사한 그녀는 3년 만에 프로야구 여신으로 통할 만큼 야구팬들에게 엄청난 인기를 얻었다.

얼굴과 몸매가 뛰어났으며 말솜씨도 다른 아나운서보다 훨씬 부드럽고 유쾌해서 그녀가 진행하는 '한밤의 프로야구'는 야구팬들 사이에서 인기가 하늘을 찔렀다.

프로야구를 중계하는 5개의 방송국 중에서 TCN의 시청률이 가장 높은 것은 그녀로 인한 것이라는 게 방송가의 일반적인 평가였다.

그런 그녀가 한순간에 나락으로 떨어진 것은 사주 아들인 김진용의 접근을 단칼에 끊었기 때문이었다.

이미 결혼을 해서 아들이 둘이나 되는 김진용은 TCN방송의 여자 아나운서 킬러로 통했는데 자신의 말을 듣지 않으면 철저하게 보복하는 것으로 유명한 놈이었다.

반면에 자신과 잠자리를 가진 여자들에게는 전폭적인 지원을 했기 때문에 여자 아나운서들 사이에서는 왕자로 통하는 인물이기도 했다.

최유진이 '한밤의 프로야구'에서 가차 없이 퇴출된 것도 그런 이유 때문이었다.

세상을 영악하게 살아가는 여자 아나운서들은 오히려 김진용의 접근을 기다리는 경우도 있었지만 최유진은 그런 유형의 여자가 아니었다.

어쩌면 단둘만 있었던 자리였으니 그냥 싫다고 거부만 했더라도 퇴출되는 일은 없었을지 모른다.

아무리 김진용이 사주의 아들이라 해도 가장 인기 있는 캐스터를 한 방에 자른다는 건 쉽지 않을 일이었으니 말이다.

하지만, 한번 섹스나 하자는 김진용의 말에 최유진은 먹다 남았던 물 잔을 들어 그의 얼굴에 사정없이 쏟아부었다.

그 정도라면 어찌어찌 넘어갈 수도 있었을 테지만 그녀는 남아 있는 물병까지 쳐들어서 김진용의 전신에 물벼락을 퍼부으며 아는 욕이란 욕은 다 해댔다.

최고급 이탈리안 레스토랑이 그녀가 벌인 행동에 난리가 났고 TCN 측에서는 그 일이 뉴스로 나가는 것을 막느라 한동안 고생을 해야 했다.

가재는 게 편이라고 모든 언론이 눈을 감아주었으니 다행이지 그렇지 않았다면 김진용은 벌써 매장이 되었을 만큼 커다란 소란이었다.

소란이 잠잠해지고 한 달 정도 지났을 때 김진용은 그녀를 야구 판에서 퇴출시키고 여자에게는 전혀 어울리지 않는 격투기 쪽으로 배정했다.

쉽게 말해서 스스로 나가라는 무언의 협박이었다.

격투기 쪽에서 여자 기자가 할 일은 별로 없었다.

중계방송은 대부분 남자들이 하기 때문에 기껏 하는 일이 유망주를 인터뷰해서 기사를 쓰는 것이 전부였다.

더군다나 국내의 격투기는 인기가 없어 기사를 써 와도 방송으로 나가는 경우는 거의 없었다.

미치고 펄쩍 뛸 일이었지만 최유진은 꿋꿋이 버텨 나갔다.

김진용의 치사한 협박에 퇴사를 하느니 차라리 혀를 깨물고 죽는 게 낫다는 것이 그녀의 결심이었다.

터덜터덜.

청바지를 입고 만덕체육관으로 향하는 그녀의 걸음은 힘이 없었다.

프로야구 캐스터를 맡으며 누구보다 열심히 살아온 그녀였기에 기약 없는 만남을 위해 걸어가는 자신이 너무나 한심하게 느껴졌다.

오늘이 다섯 번째.

그녀는 강태산이 라이트급 챔피언이 된 후 윗선의 지시에 의해 만덕체육관을 다섯 번이나 찾았지만 번번이 강태산을 만나지 못하고 돌아갔었다.

드르륵.

문을 열고 들어서자 후끈한 열기가 쏟아져 나왔다.

프로야구 선수들도 엄청난 훈련을 하지만 이곳 만덕체육관에서 격투기를 연마하는 사람들이 땀 흘리는 모습은 볼수록 뜨거운 것이었다.

천천히 눈을 돌려 체육관을 살피자 유독 그녀를 반겼던 김만덕이 해맑은 웃음을 지으면서 다가오는 것이 보였다.

"기자님, 안녕하세요. 또 오셨네요."

"오늘도 공친 건가요?"

"최 기자님 눈에는 체육관이 뭐 달라진 거 없어요?"

"…뭐가 달라졌어요?"

김만덕의 웃음에 최유진이 천천히 다시 체육관을 둘러보았다.

그러던 한순간.

구석에서 샌드백을 두드리는 선수를 확인한 그녀의 눈이 부릅떠졌다.

"저 사람… 그 사람이죠!"

제2장
그녀, 그리고 인연

최유진이 소리를 치자 김만덕이 선한 웃음을 지으며 고개를 끄덕였다.

　하지만 그는 쉽게 그녀를 안내해 주지 않았다.

　"맞긴 한데요, 조심해야 돼요."

　"뭘요?"

　"저 형, 성질이 지랄 같거든요."

　"말해줘요. 성격이 어떤지 알아야 대책을 세우죠."

　"일단, 저 형은 프라이버시 침해당하는 걸 극도로 꺼려해요. 아마 사생활을 물으면 대번에 안면 몰수하고 일어날지 몰라요."

"그리고요?"

"미인계는 쓸 생각도 하지 마세요. 지금까지 꽤 오랫동안 봐왔지만 저 형이 여자한테 관심 보이는 걸 한 번도 보지 못했거든요."

"애인 때문에 그런 건가요?"

"아뇨. 애인 있다는 소리 못 들어봤어요."

"저렇게 잘생긴 사람이 애인이 없단 말이에요?"

"싸우는 건 잘해도 다른 건 잘 못한단 말이죠."

"이상하군요."

"이상할 것 없어요. 막상 만나보면 왜 그런지 알 테니까 각오 단단히 하세요."

"하여간 소개시켜 주세요. 오늘도 인터뷰 못 하면 난 정말 회사 못 들어가요."

김만덕이 최유진을 데리고 갔을 때 강태산은 구석에 매달린 샌드백을 두들기고 있었다.

이마에서 흘러나오는 땀.

벗은 몸은 완벽하게 균형이 잡혀 있었고 그가 두들기는 샌드백에서는 연신 파괴적인 소음이 흘러나왔다.

누가 봐도 사내로서의 야성미를 물씬 풍겨내는 장면으로는 최고 수준의 그림이었다.

남자가 보기에도 멋있는데 여자가 봤을 때는 오죽할까.

하지만 최유진은 조용히 서서 표정 하나 변하지 않고 김만덕이 그의 연습을 중단할 때까지 기다렸다.

"저기… 형. 손님 오셨어."

"누구?"

"TCN의 최유진 기자님이셔. 형을 인터뷰하고 싶다네."

"안 한다고 전해라."

"왜?"

"바쁘잖아. 연습하는 거 안 보여?"

분명히 들으라고 하는 소리였다.

최유진은 그들로부터 불과 다섯 걸음 뒤에 서 있었기 때문이었다.

김만덕의 목소리가 점점 작아진 것은 예쁜 그녀에게 상처 주지 않기 위한 그만의 노력이었다.

"형, 작게 말해. 들어!"

"쓸데없는 짓 하지 말고 가서 일이나 해. 관장님이 찾는 거 안 보여?"

강태산이 옆으로 눈짓을 하자 김만덕의 얼굴이 따라서 돌아갔다.

정말 그곳에서는 김 관장이 그를 향해 빨리 오라는 듯 손짓을 하고 있었다.

"형, 다섯 번이나 찾아왔다. 웬만하면 시간 좀 내줘라."

"싫다."

"내가 커피도 얻어 마셨어."

"그건 네가 갚아."

"정말 이럴 거야?"

"난 약속도 하지 않고 찾아오는 여자 질색이야."

"아이고, 머리야. 모르겠다. 알아서 해. 죽이든 삶아 먹든 형이 알아서 하라고!"

김만덕이 소리를 지른 후 씩씩거리며 김 관장에게 걸어가자 강태산이 몸을 돌려 다시 샌드백 앞에 섰다.

그는 완벽하게 최유진을 무시하고 있었다.

하지만, 그는 샌드백을 두드리지 못하고 주먹을 내리고 말았다.

어느새 다가온 최유진이 샌드백 앞에 서서 그를 빤히 쳐다봤기 때문이었다.

"비켜, 다치니까."

"바쁜 건 알지만 잠시 인터뷰 좀 해주세요."

"싫어."

"어머, 왜요?"

"그냥."

"우리 프런트에서 강태산 선수 특집을 기획하고 있어요. 그러니까 협조해 주시면 안 돼요?"

"안 한다고 했잖아."

"혹시 약속하지 않고 무작정 찾아온 것 때문에 마음이 상하셨어요?"

"그것도 잘한 짓은 아니지."

"아까 김 코치가 얘기한 것처럼 다섯 번이나 찾아왔어요. 만날 수가 없어서 무작정 찾아온 거예요. 그러니까 이해 좀 해주세요."

"난 인터뷰 같은 거 질색이야."

"훈련 시간 많이 뺏지 않을 테니까 부탁해요. 인터뷰해 주시면 나중에 제가 저녁 살게요."

"난 여자랑 밥 먹는 거 별로야. 그러니까 혼자 먹어."

강태산이 휙 몸을 돌렸다.

최유진이 샌드백 앞에 서서 꼼짝도 안 했기 때문에 더 이상 연습이 어려웠기 때문이었다.

그러나 그는 완벽하게 몸을 돌리지 못하고 걸음을 정지할 수밖에 없었다.

그의 어깨를 잡고 선 최유진의 목소리는 어느새 싸늘하게 변해 있었는데 인내심이 한계에 달한 모습이었다.

"그런데 왜 보자마자 반말이죠?"

"내가 너보다 나이가 많으니까."

"나이가 많으면 다 반말하는 거예요?"

"그래."

"당신 정말 너무한다고 생각하지 않으세요!"

"성깔 있구나, 너."

"그럼 성깔은 혼자만 있는 줄 알았어요? 좋아요. 인터뷰, 하지 마세요. 그런데 정말 궁금해서 그런데 하나만 물어요. 정말 내가 여자라서 인터뷰 안 하는 건가요?"

"그건 아냐."

"그럼 뭐예요!"

"지금 당신 눈에는 내가 훈련하고 있는 게 안 보여. 선수가 훈련을 할 때는 기다려야 하는 거야. 아무리 기자라도 그런 예의는 지켜야지."

"아… 미안해요."

강태산이 그녀의 눈을 뚫어질 듯 바라보며 말하자 최유진이 얼굴이 붉게 달아올랐다.

맞는 말이기 때문이었다.

시합을 앞두고 훈련에 매진하는 선수에게 이렇듯 무작정 인터뷰를 하자는 건 절대 잘한 짓이 아니다.

그랬기에 그녀는 말을 더듬으며 강태산에게서 물러났다.

김만덕이 슬며시 그녀에게 다가온 것은 강태산이 링 위로 올라가 섀도복싱을 하고 있을 때였다.

마치 춤을 추듯 링 위를 떠돌며 움직이는 그의 몸은 표범처럼 날카로웠고 나비처럼 부드럽게도 보였다.

"뭐라던가요?"

"제가 너무 무례하다더군요. 훈련하는 사람에게 불쑥 나타나서 인터뷰하자고 덤비는 게 잘못된 거래요."

"아까 보니까 싸우시는 것 같던데……."

"화내려다가 일방적으로 얻어맞기만 했어요. 잘못한 게 있어서 찍소리도 못 했어요."

"쩝, 저 형 성격이 원래 그래요. 그래서 이제 어쩔 생각이세요?"

"어쩌긴요. 기다려야죠. 훈련 끝나면 한 짓이 있으니까 인터뷰해 주지 않을까요?"

"…글쎄요."

김만덕은 자신의 머리를 긁적이며 한숨을 내쉬었다.

아무리 생각해도 강태산이 그녀의 요구대로 순순히 응해주지 않을 것 같았기 때문이었다.

그리고 그 예상은 정확하게 맞아들었다.

거의 30분 동안 섀도복싱을 하던 강태산이 링에서 내려와 물을 마시며 쉬고 있을 때 최유진이 다가갔지만 여전히 강태산의 표정은 냉랭했던 것이다.

"이제 훈련 끝났으니까 인터뷰 좀 해줘요."

"아직 안 끝났어."

"언제 끝나는데요?"

"글쎄, 한 2시간 정도."

"끝나면 해줄 건가요?"

"아니, 하지 않을 거야."

"도대체 왜요!"

"하고 싶지 않으니까."

"제가 그렇게 마음에 들지 않나요? 저는 강 선수를 만나기 위해 정말 많은 시간을 노력했어요."

"누가 그렇게 하라고 했어? 왜 나한테 그런 소리를 하는 거지?"

"강 선수는 현재 격투기계에서 가장 핫한 선수예요. 훌륭한 선수를 인터뷰하는 건 기자의 본분이라고요. 그게 그렇게 잘못된 건가요?"

"누가 잘못이라고 했어?"

"그것도 아니면 도대체 뭔데요!"

"난 밥보다는 여자를 더 좋아해."

"그게… 무슨……?"

"밥 먹는 거보다는 여자 먹는 걸 더 좋아한단 뜻이야. 어때. 한번 준다면 따라가지."

"으… 이 미친놈아!"

강태산은 오후 연습을 제대로 마치지 못하고 체육관에서 빠져나왔다.

최유진이 자신을 몇 번 찾아왔다는 말을 듣고 그녀에 대해서 알아봤다.

당연히 격투기 선수로서의 강태산에 대해 취재하기 위함이었겠지만 그의 신분상 반드시 확인이 필요했다.

아름다운 여인.

한때 프로야구 팬들에게 최고의 인기를 누렸다더니 정말 미친 미모와 몸매를 지닌 여자였다.

그렇게 잘나가던 여자가 갑자기 격투기계로 들어온 사정을 들은 후 강태산은 자신도 모르게 웃음을 터뜨리고 말았다.

정보국에서 준 정보에 따르면 그녀는 외모와 달리 단호한 성격을 지녀 결코 불의를 참지 못한다고 했다.

그랬기에 슬쩍 성격을 건드려 보았다.

대충 인터뷰를 하면서 아름다운 그녀의 얼굴을 구경하는 재미도 쏠쏠했을 테지만 그보다는 그녀의 성격을 구경하는 것이 훨씬 더 재미있을 것 같았기 때문이다.

생각보다 일찍 훈련을 마쳤기에 강태산은 어쩔 수 없이 사우나장으로 향했다.

최유진으로 인해 훈련을 중지하고 샤워조차 못 한 채 쫓겨났기 때문에 몸은 땀으로 범벅이 되어 있는 상태였다.

세상 참 얄궂다.

천하의 강태산이 여자한테 쫓겨서 옷조차 갈아입지 못하고 도망 나오는 장면은 한 번도 상상하지 못한 일이었다.

사우나장 앞에서 김만덕에게 전화를 걸어 옷을 가져와 달라고 했다.

지금 그는 훈련복을 입고 있었기 때문에 땡전 한 푼 없는 상태였다.

김만덕은 그가 체육관에서 최유진에게 당하는 걸 보며 십 년 묵은 체증이 내려간 놈처럼 하염없이 비실거리며 웃었는데 옷을 가져다주면서도 아직까지 그 웃음을 지우지 않고 있었다.

"그렇게 좋냐?"

"응."

"봤지? 그런 여자하고 앞으로 커피 같은 거 마시지 마. 나니까 버텼지 너같이 착한 놈은 거의 죽음이겠더라."

"크크크… 난 그래도 좋아."

"뭐가 좋은데?"

"그 여자가 우리 체육관에 종종 와줬으면 좋겠다고. 얼마나 예뻐. 난 예쁜 여자가 좋아."

"얼씨구. 그 여자 성질 봐놓고도 그런 소리가 나와?"

"오늘 보니까 완전히 강태산 킬러잖아. 앞으로 훈련 일정 그 누나보고 짜달라야겠어. 형이 꼼짝 못 하게."

"미친놈."

"앞으로 매일 온단다."

"누가? 걔가?"

"형한테 사과받을 때까지 끝장을 본대. 경찰에 신고한다는 거 간신히 말렸어."

"아직 안 갔냐?"

"당연히 안 갔지. 지금 아버지가 형 대신해서 열심히 비는 중이다."

"그것참. 웃긴 애구만. 얼른 가봐. 관장님 힘드시겠다."

"내일 나올 거지?"

"무서워서 가겠냐. 아무래도 내가 사람 잘못 건드린 것 같다."

"그러니까 왜 그랬어. 크크크……."

김만덕이 기괴한 웃음을 흘리면서 걸어가는 걸 보며 강태산도 결국 쓴웃음을 짓고 말았다.

정말 매일같이 온다면 큰일이기 때문이었다.

돈을 지불하고 사우나장으로 들어서서 옷을 벗어젖혔다.

훈련복은 땀으로 인해 거의 젖은 걸레처럼 변해 있었기에 잘 벗겨지지 않았다.

사우나장은 아직 퇴근 시간 전이라 사람들이 많지 않았다.

먼저 땀으로 젖었던 온몸에 활력을 불어넣기 위해서 차가운 물로 온몸을 적셨다.

머리를 감았고 보디샴푸로 몸을 깨끗이 씻어 내렸다.

샤워를 마치고 자신의 몸을 바라보았다.

군살 하나 붙어 있지 않은 완벽한 몸매는 여자를 홀리기에 충분하고도 남을 정도로 아름다운 것이었다.

슬쩍 벽에 붙어 있는 시계를 확인하자 5시 30분이 지나고 있었다.

사우나장에서 30분만 버티면 집에 돌아가도 아무런 문제가 생기지 않는다.

만덕체육관은 신촌에서 거의 40분 정도 떨어져 있었기 때문에 집에 돌아가면 식구들이 모이는 시간과 비슷해진다.

그랬기에 강태산은 뜨거운 탕에 들어가 눈을 감았다.

편안하고 평화로운 시간.

이 시간만큼은 누구에게도 방해받지 않고 마음껏 휴식을 취할 생각이었다.

그러나 그의 생각이 깨지는 데는 오랜 시간이 걸리지 않았다.

우르르…….

온몸에 새겨진 문신.

우람하면서도 풍성하게 퍼진 몸뚱아리들.

사우나장 문을 열고 와자지껄 떠들면서 들어선 덩치는 열명이 넘었는데 척 봐도 어둠의 세계에서 노시는 분들이었다.

조용했던 사우나장은 놈들이 들어오면서 개판으로 변해 버렸다.

안하무인.

그렇다. 덩치들은 다른 손님들이 있는 것을 뻔히 보면서도 쌍욕들을 해대면서 공포 분위기를 조성했다.

아마 버릇에서 생긴 자연스러움이었을 것이다.

원래 어둠 속에서 노시는 분들은 다른 사람들을 협박하는 것이 일상이었기 때문에 어디서든 자신들의 힘을 내보이는 게 버릇이다.

요즘에는 큰돈을 들이지 않고도 멋들어진 문신을 할 수 있다고 들었는데 놈들의 등판과 팔다리에는 그야말로 예술의 경지에 달할 만큼 멋진 용과 호랑이 그림들이 황홀하게 새겨져 있었다.

물론 보통 사람들은 그런 그림을 보면서 아름다움보다는 두려움을 느낀다.

평범함을 거부하고 누군가를 위협하기 위해 문신을 새긴 놈들은 대부분 조폭들로 보면 된다.

사우나장에 있던 사람들이 슬금슬금 눈치를 보면서 사라진 것도 그런 이유 때문일 것이다.

조폭들과 얽혀봤자 좋은 일은 하나도 없었고 잘못하면 오늘 하루의 운발을 원망하며 계란으로 자신의 눈자위를 문질러야 될지도 몰랐다.

강태산은 놈들이 들어오는 걸 보며 지그시 눈을 감았다가 자리에서 일어났다.

워낙 크게 떠들었고 하는 소리마다 욕설이었기 때문에 편안한 휴식을 취하기 어려웠다.

천천히 일어나 한쪽에 설치되어 있는 습식 사우나 룸으로 들어갔다.

룸의 문을 열자 후끈한 열기가 몰려들었지만 강태산은 수건으로 머리를 덮은 채 천천히 걸어 들어가 의자에 앉았다.

조용했다.

바깥을 흘깃 바라보자 사람들이 놈들을 피해서 나가는 것이 보였지만 관심을 두지 않았다.

그가 무림에 있을 때 생사를 같이했던 비천사의 무리들은 그보다 더한 짓도 서슴지 않았고 자신 역시 그런 짓에 동조한 적도 있었다.

사람은 저마다의 사정이 있으니 양아치들도 저런 짓을 할 수밖에 없는 이유가 있을 게 분명했다.

5분 정도 흐르자 온몸에서 땀이 배어 나오기 시작했다.

몸이 풀어지자 낮에 보았던 최유진의 얼굴이 떠올랐다.

자신도 모르게 미소가 지어졌다.

그녀의 위크 포인트는 분명 섹스라는 생각이 들었다.

프로야구 캐스터를 그만둔 것도 사주 아들의 잠자리 요구를 단호하게 거절했기 때문이란 소리를 들었다.

요즘 현대를 살아가는 여자들과는 다르게 성에 대한 관념이 엄청 고지식하다는 뜻이다.

아마 자라오면서 겪어온 환경이 그녀를 그렇게 만들었을 수도 있고 그녀가 생각해 온 사랑에 대한 고정관념이 그런 생각을 만들었는지도 모른다.

하지만 그를 미소 짓게 만든 것은 그녀의 화났을 때 얼굴이었다.

어쩔 줄 몰라 하며 분해하는 얼굴이 아직도 눈에 선하다.

그녀는 화가 나자 얼굴이 발갛게 변했는데 얼굴에는 눈물이 이슬처럼 맺혔었다.

"뭘 그렇게 쪼개. 그 새끼 웃긴 놈이네?"

불쑥 사우나 룸을 열고 들어온 두 놈 중에 머리를 스포츠로 깎은 놈에게서 나온 말이었다.

기가 막혀 고개를 들자 놈들이 반대편에 다리를 주욱 펴면서 최대한 편한 자세로 자리 잡는 것이 보였다.

대답을 듣기 위해 한 말은 아닌 것 같았다.

그러나 막상 강태산이 자신들을 처다보자 아까 짖어댔던 스포츠머리가 다시 입을 열었다.

"야, 거기 온도 좀 낮춰봐. 좃나게 덥다."

"더우면 나가."

"지금 너 뭐라고 그랬어?"

"더우면 나가라고 했다."

"이 씨발놈이 미쳤나. 죽고 싶어?"

"어이, 뚱보. 그 팔뚝에 그려진 게 뱀이냐, 용이냐?"

"이 개새끼가……."

강태산의 질문에 스포츠머리가 자리에서 벌떡 일어났다.

그는 자신의 팔뚝에 멋들어지게 그려진 용을 모독한 강태산이 미친 걸로 보인 모양이었다.

하지만, 강태산은 여유 있게 그를 바라보며 다시 입을 열었다.

"앉아. 더운데 지랄하지 말고."

"허어, 일루 와, 이 새끼야. 넌 일단 맞아야겠다."

스포츠머리가 먼저 강태산을 향해 불쑥 다가왔고 그 뒤를 이어 같이 들어왔던 뱃살이 자리에서 일어났다.

두 놈이 사우나 룸의 중앙으로 다가오자 실내가 꽉 차는 느낌이 들었다.

그만큼 놈들의 몸집은 비대한 편이었다.

약자를 위협하는 데 도를 튼 놈들은 주먹부터 날리지 않는다.

먼저 기를 꺾어놓고 차근차근 짓밟는 것이 놈들의 수순이다.

스포츠머리 역시 그런 규칙을 정확하게 지키며 강태산의 앞으로 다가와 머리를 찍어 눌렀다.

그러나 허리가 꺾이면서 놈의 면상이 강태산의 눈높이까지 내려온 것은 순식간에 벌어진 일이었다.

어느새 놈의 팔을 슬쩍 쳐낸 강태산이 종아리 안쪽의 무릎 관절을 타격했기 때문이었다.

"으… 으윽… 윽!"

"내 몸에 손댄 놈을 난 지금까지 그냥 보낸 적이 없다. 다시 한 번 묻겠다. 그거 뱀이냐, 용이냐?"

"이 씨발……."

"누가 대답하라고 그랬지 죽겠다고 설레발치랬어?"

스포츠머리가 고통을 참으면서 주먹을 쳐들자 강태산의 무릎이 그대로 앞으로 나가면서 놈의 턱을 가격했다.

뒤에서 상황을 지켜보던 놈이 밖을 향해 소리친 것은 스포츠머리가 정신을 잃고 바닥에 쓰러졌을 때였다.

강태산은 자리에서 천천히 일어나서 뱃살을 향해 다가갔다.

놈은 자연스럽게 퍼져 나오는 강태산의 기세를 감당하지 못하고 주춤거리며 사우나 룸 바깥으로 밀려났지만 동료들이 한꺼번에 다가오자 욕설을 퍼붓기 시작했다.

숫자가 놈에게 용기를 불어넣어 준 모양이었다.

"아저씨, 사우나장에 돼지들 잡아놨으니까 푹 삶아서 드세요."

"무슨 말씀이신지……."

"가보시면 알 겁니다."

강태산은 사우나장을 나서면서 카운터에 있는 아저씨에게 사실을 알려주고 집으로 향했다.

한 놈은 습식 사우나 룸에서 정신을 잃었기 때문에 빨리 들어내지 않으면 목숨을 잃을 수도 있었다.

버스를 타고 신촌으로 가는 길은 퇴근 시간이 되자 생각보다 오래 걸렸다.

그랬기에 그가 집에 도착했을 때는 7시가 훌쩍 넘은 시간이었다.

"밥 먹는 시간 꼭 지키랬지!"

"미안해."

은영이가 도끼눈을 뜨고 노려보는 것을 피하며 강태산이 은근슬쩍 식당으로 들어섰다.

식탁에는 이미 온 식구가 모여 있었는데 그를 기다렸던 모양인지 아직 밥이 올라온 상태는 아니었다.

그를 째려본 것은 은정이도 마찬가지였다.

"왜 늦었어?"

"오늘따라 차가 무척 막히더라. 요 앞 사거리부터 20분이나 걸렸어."

"그럼 아까 통화한 데가 사거리였어?"

"응."

"어쭈, 얼굴이 매끈한 게 씻고 온 모양이네. 사우나장 갔다 왔냐?"

"내 얼굴이 매끈해?"

"말이 그렇다는 거지. 머리가 단정하게 정돈되었잖아. 샴푸 냄새도 나고."

"대단하십니다."

"땡땡이쳤구나?"

"아니거든요. 일이 일찍 끝나서 부장님 모시고 갔다 온 거야."

"이 사람은 조금만 불리하면 부장님 핑계 대더라."

"정말이다. 이모… 밥 줘요."

강태산이 은정의 심문에 벗어나기 위해 권 여사를 바라봤다.

그러자 권 여사가 바쁘게 움직이며 밥그릇을 들고 다가왔다.

그녀는 이미 모든 준비를 끝내고 강태산이 오기를 기다렸다가 밥을 푼 게 분명했다.

"오늘은 내가 좋아하는 오징엇국이네요."

"언제는 엄마가 오빠 싫어하는 거 해줬어?"

"은영아, 너도 오징엇국 좋아하잖아."

"난 안 좋아했는데 자꾸 해주니까 먹는 거야. 다 이게 오빠 탓이야."

"별게 다 오빠 탓이다."

밥을 푸고 국그릇을 모두 내온 권 여사가 은영이의 말을 가로막았다.

그러고는 강태산을 향해 더없이 푸근한 미소를 보냈다.

"태산아… 내가 할 말 있는데."

"뭔데요?"

"저번에 말한 거 있잖아. 그거 날짜 잡혔다."

"그거라뇨. 설마……."

"그래, 그쪽에서 보자고 해서 이모가 그러자고 했다."

"아이고!"

강태산이 숟가락을 떨어뜨리며 비명을 지르자 양옆에서 밥을 먹던 여동생들이 놀란 표정을 지었다.

그녀들은 강태산이 선을 보게 되었다는 사실을 매우 충격적으로 받아들이는 것 같았다.

"엄마, 그거 농담 아니었어?"

"얘는… 오빠도 장가가야지."

"뭐하는 사람이라는데?"

"초등학교 선생님이래. 집안도 꽤 좋다고 하더라."

"사진 줬어?"

"응."

"그런데도 본다고 그래?"

"당연하지. 태산이가 참하게 잘생겼잖아."

"잘생기긴… 그 여자 사진도 있어?"

"…어, 있지."

"보여줘 봐!"

난리법석이다.

권 여사가 사진을 가지고 오자 여동생들은 물론이고 현수까지 나서면서 서로 보겠다고 난리를 피웠다.

당사자인 강태산에게 사진이 돌아온 것은 여동생들이 모든 품평을 끝낸 후였다.

사진 속의 여자는 여동생들의 말처럼 도시적이었고 단아한 스타일을 지니고 있었다.

"날짜는 언제래요?"

"이번 주 일요일. 조금 빠른 것 같지만 쇠뿔도 단숨에 뽑으라는 말도 있잖아. 그래서……."

"잘하셨어요. 이왕 보는 거 빨리 하면 좋죠."

"일 났네, 일 났어."

"왜?"

"우리 오빠 차이면 불쌍해서 어떡하냐. 아이고, 걱정된다."

"걱정하지 마. 자신 있으니까."

"헐. 또, 또. 저 근거 없는 자신감!"

은영이 거품을 물었다.

사진 속의 여자는 교사라는 안정적인 직업을 가졌고 상당히 예뻤기 때문에 강태산의 상대로는 확실히 부담 가는 존재였다.

더군다나 권 여사의 말에 따르면 집안도 꽤나 좋아서 아버지가 고위 공무원이었고 오빠는 직업이 의사였다.

작은 여행사에 다니는 오빠.

물론 오빠가 좋은 여자를 만나 결혼하기를 바랐지만 훨씬 뛰어난 상대를 만나 마음에 상처를 입는 건 바라지 않았다.

그랬기에 은영은 강태산이 선을 보는 걸 강하게 반대했으나 은정은 다른 의견을 내놨다.

"일단 봐라. 남녀 간에 차이가 어디 있어. 서로 마음에 들면 결혼하는 거지. 오빠, 걱정하지 말고 나가서 어떤 여잔지 보고 와. 소주를 박스 채로 준비해 놓을 테니까 일이 안되면 다른 데 새지 말고 곧장 집으로 들어오고. 우리가 밤새 같이 마셔 줄 테니까 마음 편하게 다녀와라."

*   *   *

UFC 데뷔전까지는 이제 한 달이 남은 상태였다.

자신이 지닌 모든 비공을 숨기고 순수한 체력만으로 싸우기 때문에 UFC의 강자들을 꺾는 건 결코 쉬운 일이 아니다.

그럼에도 자신은 있었다.

모든 비공을 숨기더라도 그에게는 현천기공을 익히면서 만들어진 최상의 육체가 있었고 수없이 많은 전투에서 생성된 방어 능력이 있었으니 상대가 누구라도 진다는 생각은 가지지 않았다.

그런 자신감이 있는데도 체육관에 나가는 것은 격투기에 입문하면서 익힌 복싱 기술과 주짓수를 점검하기 위함이었다.

격투기 시합은 정해진 룰에 의해 싸우면서 관중들을 열광시켜야 인기를 얻을 수 있는 게임이었다.

유려하고 화려해야 한다.

치열하고 화끈한 시합을 펼쳐야 관중들을 열광의 도가니로 몰아넣을 수 있다.

천천히 걸어 체육관에 도착하자 슬쩍 걱정이 고개를 쳐들었다.

어제의 그녀를 만난다면 솔직히 뻔뻔하게 마주할 자신이 없었다.

해놓은 짓이 있기 때문이다.

처음 본 여자에게 가장 수치스러워하는 말을 했으니 양심이 찔리는 것은 사실이었다.

전화를 해서 그녀가 와 있는지 알아볼 수도 있었으나 그러고 싶지는 않았다.

오지 않기를 바랐지만 와 있어도 할 수 없는 일이었다.

그는 살아오면서 뭔가가 두려워 피한 적이 한 번도 없기 때문이었다.

그랬기에 성큼성큼 다가가 체육관 문을 활짝 열었다.

어깨에 가방을 멘 강태산이 체육관으로 들어서자 이제 막 들어온 관원에게 기본기를 가르쳐 주던 김 관장이 눈짓을 마구 보내왔다.

한눈에 알아볼 수 있는 눈짓.

상황이 불리하니 얼른 다시 나가라는 신호였다.

그랬기에 강태산은 싱그러운 웃음을 지으며 체육관을 둘러 봤다.

아니나 다를까.

구석에서 뭔가를 노트에 적고 있는 최유진의 모습이 보였다.

그녀는 온 지 꽤 되는 듯 탁자 앞에 커피 잔까지 놓고 있었는데 어제와는 다르게 무척 편한 복장이었다.

하얀 블라우스에 청바지.

싸우겠다고 마음먹었다면 어제 입고 왔던 원피스보다 훨씬 편한 복장이 분명했다.

김 관장의 신호를 무시하고 옷을 갈아입기 위해 천천히 라커룸 쪽으로 걸어갈 때 뭔가를 적고 있던 그녀의 눈이 화살처럼 강태산을 향해 날아왔다.

움찔.

최대한 당당하게 대하고자 했지만 아무리 심장이 튼튼해도 아름다운 여자에게 잘못을 저지른 양심은 강태산의 발을 저절로 멈추게 만들었다.

강태산을 바라보는 그녀의 시선은 차가웠지만 그렇다고 어제처럼 벌떡 일어나 덤비지는 않았다.

내신 그녀의 필이 들리면서 손이 움직였다.

까닥까닥.

누가 봐도 그녀 쪽으로 오라는 신호였다.

웃음이 나왔다.

조금 미안한 마음이 들었지만 그녀의 의도대로 움직여 줄 생각은 전혀 없었다.

그랬기에 마주했던 눈길을 돌려서 지체 없이 라커룸으로 들어가 운동복으로 갈아입었다.

황당한 일이 발생한 것은 그가 운동복으로 갈아입고 라커룸을 나섰을 때였다.

최유진이 라커룸 앞에서 그가 나오기를 기다리고 있었던 것이다.

"왜 피해요?"

"뭘 피해."

"내가 오라고 하는 거 안 보였어요?"

"봤어."

"그런데 왜 안 왔어요."

"오라고 하면 내가 가야 돼?"

"정말, 양심이 없는 사람이군요."

"잘못 봤어. 나, 양심 많아."

"숙녀한테 그런 소리까지 해놓고 미안하다는 생각조차 안 했다는 건가요?"

"했어. 그렇지 않아도 사과할 생각이었다."

"그럼 하세요."

"미안해. 됐지?"

"이씨……."

뻔뻔하게 바라보는 강태산을 향해 최유진이 눈꼬리를 말아 올렸다.

이건 뭐 완전히 열 받으라고 놀리는 행동과 비슷했기 때문에 최유진의 얼굴은 어제처럼 붉어지기 시작했다.

"그럼 어쩌라고. 무릎이라도 꿇으라는 거야?"

"누가 그러래요!"

"아… 미치겠네. 좋아, 내가 어쩌면 좋겠어?"

강태산이 말을 마치고 최유진을 빤히 쳐다봤다.

하지만 그의 눈은 적의가 담긴 것이 아니라 오히려 부드러움과 따뜻함이 담긴 것이었다.

화를 내려던 최유진의 입이 자신도 모르게 멈춰진 것은 강태산의 강렬한 시선과 눈이 마주쳤기 때문이었다.

그랬기에 그녀는 한참 동안 강태산과 시선을 마주친 후 처음에 생각했던 것과는 다른 말을 꺼냈다.

"인터뷰를 해주세요."

그녀와의 인터뷰는 오후에 시작되었다.

그녀 역시 오늘 인터뷰를 예상 못 했던지 뒤늦게 카메라맨을 불렀기 때문에 일정이 늦어질 수밖에 없었다.

훈련하는 장면을 화면에 담는 작업이 한 시간여 진행된 후 강태산은 최유진에게 이끌려 근처의 커피숍으로 들어갔다.

본격적인 인터뷰가 시작된 것은 그때부터였다.

"격투기를 시작하게 된 계기는 뭔가요?"

"남자로서의 투혼을 즐기기 위해섭니다."

"무슨 뜻인지 조금 풀어서 말씀해 주시겠어요?"

"저는 링 안에서의 승부가 좋습니다. 강한 남자들과의 격렬한 싸움 속에서 살아 있음을 느끼고 승리하면서 성취욕을 느낍니다. 이기기 위해 최선을 다한다는 것은 저에게 커다란 삶의 의미를 줍니다. 그래서 저는 앞으로도 끊임없이 싸울 생각입니다."

"많은 사람들이 인기를 얻거나 돈을 벌고 싶어서 격투기를 시작한다고 하는데 강태산 선수는 특별한 이유를 가지고 계시네요."

"사람마다 추구하는 것이 다르니까요."

"선수 생활을 시작하고 10전 10승 10KO를 거두고 계세요. 정말 대단한 전적인데 특별히 어려웠던 상대는 없었나요?"

"모든 상대가 어려웠습니다. 제가 상대했던 사람들은 승리를 위해 최선을 다한 사람들이었습니다."

"그렇군요. 일각에서는 강태산 선수의 펀치력이 약하다는 우려를 하고 있습니다. 거기에 대해서는 어떻게 생각하시나요?"

"재미있는 얘깁니다. 저는 모든 시합을 KO로 이겼습니다.

편치력이 없는데 그것이 가능하겠습니까?"

강태산이 반문하자 잠시 동안 멍하니 있던 최유진의 고개가 저절로 끄덕여졌다.

프로야구 판에 오랫동안 있었기 때문에 야구에 대해서는 귀신이 되었지만 격투기 쪽은 아직도 많은 것이 부족했다.

전문가들의 의견을 받아 적으면서 인터뷰 내용에 포함시켰는데 막상 강태산의 말을 듣고 나자 금방 잘못되었다는 것을 깨달았다.

그랬기에 그녀는 솔직하게 자신의 실수를 인정하고 화제를 다른 쪽으로 돌렸다.

"듣고 보니 우문이었던 것 같네요. UFC와 계약을 하셨는데 혹시 계약 내용을 알려줄 수 있을까요?"

"그건 비밀입니다. UFC 쪽에서는 계약 내용을 발설할 경우 페널티를 포함시켰기 때문에 알려 드릴 수 없습니다."

"아, 그렇군요."

"죄송합니다."

"죄송하긴요. 그런데 계약한 지 꽤 오래되셨는데 혹시 시합 일정이 잡혔는지 모르겠네요?"

"저의 UFC 데뷔전은 다음 달 15일 미국에서 하는 것으로 잡혀 있습니다."

"정말인가요!"

"그렇습니다. 이것은 최 기자님께 지은 죄가 있어서 처음으로 말씀드리는 겁니다."

"고마워요……."

강태산이 빙긋 웃으며 말을 하자 최유진의 얼굴이 살짝 붉어졌다.

그녀의 얼굴은 화가 날 때만 붉어지는 게 아니었던 모양이었다.

"혹시 상대를 가르쳐 줄 수 있을까요?"

"미켈슨입니다."

"아트펀처 미켈슨!"

"맞습니다. 사람들이 그를 보고 그렇게 부르더군요."

"우와, 그 선수는 UFC 쪽에서 전략적으로 키운다는 소문이 있는데 데뷔전에서 그런 강자와 싸우다니 걱정되네요."

"그 선수가 강하다는 건 인정합니다. 하지만 저는 더 강합니다. 반드시 이길 테니 걱정하지 마십시오."

그 후로도 인터뷰는 10여 분간 더 계속되다가 끝이 났다.

최유진이 사생활에 대한 부분을 몇 가지 물었으나 강태산은 격투기 이외의 것들에 대해서는 아무것도 말해주지 않았다.

미리 들은 것이 있기 때문인지 최유진은 더 이상 캐묻지 않았지만 입술을 삐죽이는 것마저 숨기지는 않았다.

"비밀이 많네요?"

"응, 내가 조금 신비로운 남자야."

"홍, 농담도 할 줄 아는군요."

"이제 사과도 했고 원하는 대로 인터뷰도 했으니까 더 이상 괴롭히지 마."

"그랬으면 좋겠네요."

"무슨 소리야. 그거 계속 괴롭히겠다는 말로 들리잖아."

"나는 기자라고요. 강태산 선수는 우리나라에서 현재 가장 잘나가는 격투기 선순데 나보고 찾아오지 말라면 어떡해요. 나 먹여 살릴 거예요?"

"무서운 소리 하시네."

"인터뷰도 했고 화해도 했으니 우리 그러지 말고 종종 봐요. 내가 기사 멋들어지게 써줄게요."

"싫어."

"혹시 다른 기자가 찾아온 적 있어요?"

"응."

"언제요?"

"몰라. 하여간 있대."

"그런 대답이 어디 있어요?"

"우리 코치가 그러는데 내가 체육관에 없을 때 여러 명 찾아왔다고 했어."

"그럼 만난 적은 없다는 거네요?"

"만난 석은 없지."

강태산의 뻔뻔한 대답에 최유진이 황당한 표정을 지었다.

하지만 곧 그녀는 표정을 수습하고 피식 웃음을 흘려냈다.

"이제 보니 말장난도 수준급이군요."

"최 기자는 화낸 얼굴보다 웃는 얼굴이 더 예쁘네. 앞으로 그렇게 웃으면서 살아."

"이씨……."

"하여간 난 이제 간다. 최 기자 때문에 이틀이나 훈련을 못 했어. 만약 내가 시합에서 진다면 다 최 기자 탓이니까 책임질 준비 하고 있어."

"헐, 무서운 소리 하고 계시네요."

＊　　　＊　　　＊

일요일.

아침에 부스스 일어나 양치질을 하고 세면을 마치자 집안 식구들이 모두 강태산을 따라다니기 시작했다.

오늘이 바로 그가 선을 보기로 한 날이기 때문이었다.

비록 현수가 공부를 하기 위해 일찍 집을 나섰지만 그를 괴롭히는 건 권 여사와 여동생들만으로 충분하고도 넘쳤다.

세 사람의 잔소리가 본격적으로 시작된 것은 아침 식사를 마치고 나서부터였다.

"머리 좀 깎는 게 낫지 않을까?"

"아냐, 아냐. 오빠는 저 정도가 딱 좋아. 너무 짧으면 오히려 맹해 보일 수 있어."

"건드리지 마! 드라이한 거 안보여?"

강태산이 불쑥 다가와 머리를 만지는 은영을 향해 입을 내밀며 반항을 했다.

그러자 은영이가 두 눈에 쌍심지를 켰다.

"오빠 생머리잖아. 길이 잰다고 조금 만진 걸 가지고 소릴 질러, 서운하게. 나 운다!"

"드라이했다니까!"

"우와, 선보러 간다고 유세 떠는 것 봐. 결혼하면 아예 상종 조차 안 하겠네."

"너는 어떻게… 말도 안 되는 소리를 하고 있어."

"그럼 뭐냐. 평상시와 다르게 행동하는 이유가 뭐냐고!"

"조금 긴장돼서 그래."

"긴장하지 말고 마음 편하게 가져. 은영아, 오빠 긴장하셨단 다. 네가 조금 참아라."

강태산이 슬그머니 꼬리를 말자 은정이가 중간에서 나서며 가로막았다.

하지만 그것은 잔소리를 하기 위한 액션에 불과한 것이었 다.

"오빠야, 선 처음 보는 거니까 내 말 잘 들어라."

"뭘?"

"오늘 호텔에서 12시에 만나기로 했잖아. 그러니까 오빠는

11시 반까지 가 있어야 해."

"왜 먼저 가 있어?"

"여자를 기다리게 하면 안 되니까 그렇지."

"12시에 약속했는데 뭐하러 그렇게 일찍 가. 10분 전에 도착하면 안 돼?"

"죽는다!"

"거참, 억울한 면이 있네. 그건 그렇고 여자들은 먼저 와서 기다리면 절대 안 되는 거냐?"

"남자가 먼저 와서 기다리는 게 매너의 기본이야. 첫인상이 안 좋으면 실패할 가능성이 크니까 무조건 내 말 들어."

"알았다."

"여자분이 오면 자리에서 일어나서 의자를 권해야 돼. 자, 봐봐. 오빠가 이렇게 앉아 있었잖아. 그러면 이렇게 일어나서 의자를 빼주란 말이야."

은정은 몸소 시범까지 보여주면서 강태산을 가르쳤다.

참으로 하품 나오는 이야기였지만 강태산은 눈을 부릅뜨고 열심히 그녀의 말을 경청하는 척했다.

"그리고, 여자분이 자리에 앉으면 최대한 부드러운 말투로 오시는 데 고생하지 않았느냐고 물어봐."

"그것도 기본이냐?"

"토 달지 말고 하란 대로 하란 말이야."

"네가 나가면 잘하겠다, 아주. 시집가고 싶어서 무진장 연습해 본 모양이구만."

"한 대 맞고 들을래!"

"아니야, 마저 해."

"여자분이 뭘 물으면 최대한 침착하게 대답해. 속도는 느리지도 빠르지도 않게 말이야. 말투가 느리면 답답하게 느껴져. 반대로 너무 빠르면 경박하게 보이니까 이건 절대 놓치면 안돼. 알았지?"

"응."

은정이의 잔소리는 끊임이 없었다.

어디서 그런 걸 배웠는지 은정이는 선보는 예의에 대해서 처음부터 끝까지 강의를 했는데 어젯밤 끙끙거리며 인터넷 뒤진 게 바로 그것인 모양이었다.

권 여사가 사라졌다가 나타난 것은 은정이의 충고가 끝나갈 무렵이었다.

"태산아, 이거 입고 나가라."

"이게 뭐예요?"

"이모가 어제 나가서 사 왔어. 치수는 네가 입는 그대로 샀으니까 꼭 맞을 거야."

"있는 거 대충 입으면 되는데 뭐하러 그러셨어요."

"우리 아들… 네가 첫 선을 보는데 그냥 있을 수 있어야지. 태산아, 너무 부담 갖지 말고 잘해."

권 여사가 내민 것은 하얀 와이셔츠와 넥타이, 새롭게 장만한 검정색 정장이었다.

그녀는 양복을 강태산에게 내밀며 부드러운 미소를 짓고 있었는데 눈꺼풀이 조금씩 떨리고 있었다.

그 마음을 알기에 강태산은 양복을 받아 들고 자신의 방으로 들어갔다.

큰아들.

대놓고 말하지 못했지만 권 여사는 강태산을 언제나 큰아들로 생각하고 있었다.

강태산은 선을 보기로 한 브람스 호텔에 도착해서 차를 파킹한 후 엘리베이터를 탔다.

슬쩍 시계를 확인하자 11시 반을 넘고 있었다.

피식.

갑자기 은정이의 말이 생각나며 쓴웃음이 지어졌다.

자신이 언제부터 누군가의 말을 들었단 말인가.

강태산의 지금 얼굴은 다른 두 얼굴과 다르게 순박하고 착한 얼굴이었다.

좋게 말해서 그렇다는 것이고 직접적으로 말하면 잘생긴 얼굴이 아니라는 뜻이다.

그럼에도 워낙 잘빠진 몸이었으니 새롭게 장만한 양복을 입자 맵시가 살아났다.

약속 장소인 1층 커피숍에 내려 자리를 잡고 기다렸다.

휴가.

IS의 수뇌부를 사살한 사막의 늑대 사냥 작전이 끝나고 벌써 한 달이 훌쩍 지났다.

본부에서 연락이 없으면 청룡은 기한 없는 휴가를 보낸다.

먼저 연락하는 법은 절대 없다.

그것이 규칙이었으니까.

그럼에도 강태산은 끊임없이 휴대폰의 문자를 확인하면서 본부의 연락을 기다렸다.

청룡을 이끌기 시작하면서 그가 휴대폰을 몸에서 떨어뜨린 적은 한 번도 없었다.

작전은 언제나 그로부터 시작되기 때문이다.

문자 메시지를 확인한 강태산은 느긋하게 인터넷을 열고 뉴스를 검색했다.

여전히 세계는 수많은 사건 사고들로 가득 차 있었고 국내역시 정치와 경제 쪽에서 혼란을 겪고 있었다.

12시가 가까워지자 강태산은 휴대폰을 탁자에 내려놓고 여자가 오기를 기다렸다.

그녀의 이름은 민다영.

나이는 28살이었고 청풍초등학교의 교사다.

강태산은 처음 만나는 사람은 무조건 정보국을 통해서 신상 정보를 파악했지만 이번만큼은 그렇게 하지 않았다.

자신을 아들이라고 생각하는 권 여사가 주선한 사람이었다.

그런 사람의 뒷조사를 한다는 것은 권 여사를 믿지 못한다는 것과 같다는 생각에 강태산은 고민 끝에 민다영에 대해서 아무것도 확인하지 않았다.

눈을 들어 사람들을 바라보자 누군가를 기다리는 사람들은 자신이 했던 것처럼 핸드폰을 보면서 시간을 보내고 있었다.

시대가 변하면서 사람들의 습관도 변했다.

핸드폰 하나로 모든 것을 할 수 있는 세상이 되었으니 아마 사람들은 핸드폰이 없으면 답답함으로 미쳐 버릴지도 모른다.

실내를 둘러보다가 프런트 쪽으로 시선이 갔다.

마침 정장을 곱게 차려입은 여자가 프런트 쪽으로 다가가는 것이 보였기 때문이었다.

직감으로 알 수 있었다.

사진으로 확인했지만 지금 프런트에 다가가 무언가를 묻는 여자는 민다영이 분명했다.

그녀는 분명 자신의 위치를 찾고 있을 것이다.

곧장 그가 앉아 있는 곳으로 걸어오는 그녀를 바라보며 강태산은 지체 없이 자리에서 일어났다.

"안녕하세요, 강태산입니다. 민다영 씨죠?"

"네, 맞아요."

"반갑습니다."

가볍게 고개를 숙여 예의를 표했다.

그러나 은정이 가르쳐 준 것처럼 그녀에게 다가가 의자를 빼주는 행동은 하지 않았다.

그녀 역시 그런 예의를 바라지 않은 듯 마주 고개를 숙인 후 스스로 의자를 빼서 자리에 앉았다.

사진 그대로다.

어떤 사람들은 사진과 전혀 다른 외모를 보이는데 민다영은 사진과 거의 흡사한 외모를 지니고 있었다.

단아한 얼굴.

최유진처럼 빼어난 미모는 아니었으나 그렇다고 어디 가서 빠질 정도는 더욱 아니었다.

사진과 다른 곳이 있다면 그녀의 눈이었다.

사진에서는 동그랗게 눈이 찍혀 도시적인 색깔이 강했는데 막상 실물을 확인하자 오히려 순수함이 돋보이는 눈을 가지고 있었다.

실물이 사진보다 나은 케이스였다.

"오시느라 고생하지 않으셨습니까?"

"아니에요. 일요일이라 생각보다 차가 막히지 않았어요."

"다행이네요. 저는 고생하실까 봐 걱정했습니다."

"후훗……."

"왜 웃으세요?"

"너무 틀에 박힌 말이라서요. 제 친구가 그러더군요. 남자를 만났을 때 지금 태산 씨처럼 말하면 10점 정도 가점을 주라고 했어요."

"무슨 말씀이신지……."

"그런 말을 하는 사람이라면 선을 처음 보거나 경험이 아주 적은 사람이라고 했어요. 그런 의미에서 가점을 주라는 것이었어요."

"아. 그렇군요."

"혹시, 제 말이 맞나요?"

"맞습니다. 저는 오늘 처음 선을 봅니다."

"그런데 왜 의자는 빼주지 않으셨어요? 혹시 누군가가 그건 가르쳐 주지 않던가요?"

"귀신이시네요."

"호호… 누군데요?"

"제 여동생이요. 그렇지 않아도 많이 망설였습니다."

"왜 안 했죠?"

"그것까지는 조금 과하다는 생각이 들어서요."

"응용력도 있으시네요."

"뭐가요?"

"배운 걸 곧이곧대로 써먹지 않았으니까 상황 판단력도 있다는 뜻이에요. 의자를 빼줬으면 감점을 주라고 했거든요. 분명 고지식한 사람일 거라면서."

"아하……."

강태산은 민다영의 말에 감탄을 터뜨렸다.

역시 세상은 넓고 자신이 알지 못하는 것들도 많다.

이런 것마저 사람을 판단하는 데 적용된다는 사실이 어이 없기도 했지만 한편으로는 이해가 되기도 했다.

강태산이 다시 입을 연 것은 종업원에게 커피를 주문하고 난 후였다.

"그렇게 말씀하시는 걸 보니까 다영 씨도 경험이 많지 않은 것 같네요?"

"맞아요."

"왜 안 보셨죠?"

"학교 다니면서 석사 공부를 하느라 바빴어요. 그리고 아직 결혼할 나이가 아니라는 생각도 했구요. 선 자리가 여러 번 들어왔지만 계속해서 거절했어요."

"그러셨군요. 그런데 오늘은 왜 나오셨죠?"

"꼭 말해야 돼요?"

"말해주시면 제게 많은 도움이 될 것 같습니다."

"어떤 도움이요?"

"동생들이 아침에 나올 때 걱정이 많았어요. 다영 씨가 저 한테 과분해서 치일 거라는 예상을 했거든요. 혹시 누군가의 강압에 의해 나오신 거라면 제가 일찍 포기할 수 있을 것 같습니다."

"말할 수밖에 없도록 하시네요."

"부담스러우면 말하지 않으셔도 됩니다."

"엄마가 그러더군요. 더없이 착한 사람이라고 했어요."

"제가요?"

"하숙을 하면서 그 집 아들이 되었다면서요?"

"그런 이야기를 누구한테……"

"신촌 아줌마가 엄마한테 자세하게 말하셨어요. 너무 특별한 이야기라서 흥미를 느꼈죠."

"혹시 사진을 보고 실망하시지는 않았습니까?"

"왜요?"

"솔직히 제 얼굴이 잘생긴 편은 아니잖아요."

"저는 좋은데요. 태산 씨의 눈이 너무 마음에 들었어요. 이야기를 들으면서 이렇게 생긴 남자가 아닐까란 생각을 했는데 사진을 보면서 정말 깜짝 놀랐어요. 제가 상상했던 얼굴과 너무나 흡사했거든요."

"실물도 비슷한가요?"

"태산 씨는 사진보다 실물이 더 좋네요. 제가 상상했던 것보다 훨씬 괜찮아요."

"그렇다면 다행이군요."

그녀의 말에 강태산은 밝게 웃었다.

그저 권 여사의 권유에 어쩔 수 없이 나온 자리였다.

누군가를 만나서 책임을 질 수 없는 처지였으니 가볍게 만난 후 헤어질 생각이었다.

그러나 민다영은 이야기를 나눌수록 사람을 빠져들게 만드는 매력을 지닌 여자였다.

많은 이야기를 나누었다.

그와 그녀가 자라온 환경과 직업, 그리고 취미를 비롯해서 상대에 대한 많은 것들을 묻고 대답했다.

비록 그의 비밀에 관한 것들은 한 마디도 하지 않았지만 그녀와의 대화는 즐거운 것이었다.

시간이 어떻게 가는 줄 몰랐다.

오랜만에 여자를 만나면서 가슴이 따뜻해졌고 더 많은 대화를 나누고 싶다는 생각이 들었다.

그랬기에 그는 1시간이 흐른 후 그녀를 바라보며 부드럽게 물었다.

"여기 근처에 냉면 잘하는 곳이 있어요. 저랑 같이 점심 하시겠어요?"

강태산은 민다영과 헤어진 후 체육관으로 갈까 하다가 그냥 집으로 돌아왔다.

어차피 시간이 어중간했기 때문에 체육관에 가도 훈련하기가 애매했다.

격투기 시합을 하면서 체력에 문제가 있었던 적은 한 번도 없었다.

현천기공이 칠성에 오른 후에는 언제 싸워도 문제가 없을 만큼 강철 같은 체력을 지니게 되어 별도의 체력 훈련은 필요하지 않았다.

문을 열고 들어서자 거실에 모여 있던 식구들이 벌떡 일어나 강태산을 맞아들였다.

권 여사를 비롯해서 여동생들은 2시가 넘어가자 번갈아가며 전화를 해왔는데 그때까지 민다영과 같이 있다는 소리를 듣자 믿지 않으려 했다.

"오빠야, 왜 이제 오는 거야?"

"그 사람이랑 헤어지자마자 돌아오는 거야."

"거짓말!"

은영이가 소리부터 질렀다.

전혀 예상외의 상황이 발생하자 판단 능력이 흔들린 모양이었다.

그건 은정이도 마찬가지였다.

"남자가 치사하게 거짓말 하면 못써. 선봐서 차이는 사람이 한둘이냐. 그러니까 솔직하게 말해."

"얘들은 왜 오빠 말을 안 믿는지 모르겠네. 정말이라니까!"

"일단 신발부터 벗고 들어와라. 거기 서서 그러지 말고."

은정이 강태산의 팔을 잡아끌고 신발을 벗겼다.

본격적인 심문을 하겠다는 심산이 분명했다.

하지만 거실에 올라서자 먼저 입을 연 것은 권 여사였다.

"지금까지 차 마셨어?"

"아뇨, 같이 점심 먹었어요."

"정말?"

"응."

권 여사는 물론이고 은정과 은영이 동시에 소리를 질렀다.

선을 보러 가서 여자와 같이 점심을 먹었다는 게 무슨 의민지 너무나 잘 알았기 때문이었다.

하지만 은영은 곧 의심을 품고 베테랑 수사관처럼 강태산을 노려봤다.

"그 여자 마음에 들었어?"

"착하더라. 사진보다 더 예쁘던데."

"헐, 이 오빠 보시게. 그런데 그 여자가 오빠가 밥 먹자고 하니까 제꺼덕 고개를 끄덕였다고?"

"그래."

"하아… 아무래도 뭔가 이상해. 아, 머리 아파."

"오빠야, 자세하게 말해봐라. 언제까지 차 마셨고 몇 시에 밥 먹으러 간 거냐?"

"커피숍에서 1시 조금 넘어서 일어났고 같이 점심을 먹은 후 2시 30분경에 헤어졌다."

"내가 가르쳐 준 대로 했어?"

"응, 거의."

"뭐야, 안 한 것도 있단 말이야?"

"의자는 안 빼줬다."

"이씨, 빼주라니까!"

"다영 씨가 그러던데 요즘은 의자 안 빼주는 게 유행이 래."

"그 사람이 정말 그랬어?"

"그렇다니까."

"거참 이상하네. 분명히 인터넷에 그렇게 하는 거라고 적혀 있었는데… 그건 그렇고 무슨 이야기를 나눴는지 차근차근 말해봐."

"처음에는……."

말하지 않고 버틸 수 있는 상황이 아니었다.

세 여자가 눈을 부릅뜨고 지켜봤기 때문에 강태산은 민다 영을 처음 만난 순간부터 헤어질 때까지의 모든 것을 낱낱이 실토했다.

은정이 불쑥 입을 연 것은 분위기 좋게 헤어졌다는 말을 듣고 난 후였다.

"그런데 잘나가다가 웬 냉면이야. 더 맛있고 좋은 것도 많았 을 텐데. 아휴, 하여간 오빠는 여자 마음을 너무 몰라."

"다영 씨도 맛있다고 그랬어."

"그럼 거기서 맛없다고 할 여자가 어디 있냐. 이왕 밥 먹는 거 이탈리안 레스토랑이라든가 그런 데 데려갔으면 얼마나 좋아."

"그 생각은 못 했네."

"좋다, 그건 그렇다 치고 다시 만나기로 했어?"

"응."

"언제 만나기로 했는데?"

"나중에."

"그러니까 나중에 언제!"

"보름 있다가 출장 가야 해. 그래서 약속 날짜는 못 잡았다. 출장 갔다 와서 전화하기로 했어."

"우와 미치겠네. 무슨 출장을 또 가? 그리고 보름 후에 출장이라면서 왜 약속을 안 해!"

"출장 준비에 바쁘거든. 다시 만나기로 철썩같이 약속했으니까 너무 걱정하지 마."

"어허, 우리 오빠가 이렇게 여자 마음을 몰라요. 이봐요, 오라버니. 여자는 말이죠, 확 잡아두지 않으면 새처럼 날아간다고요!"

"날아가면 할 수 없지 뭐."

"천하태평일세, 천하태평이야. 이 오빠가 아직도 자신의 처지를 모르서요. 아, 답답해."

"그런데 오빠, 이번 출장은 어디로 가?"

"미국."

"오래 걸려?"

"한 보름 정도 걸릴 거야."

"아무리 여행사에 다닌다 해도 너무 출장이 잦아. 오빠 혹시 우리 몰래 다른 일 하는 건 아니지?"

제3장
UFC 데뷔전

출국이 다가온 것은 금방이었다.

무언가를 준비하는 사람에게 시간은 화살처럼 지나가는 모양이었다.

김 관장은 미켈슨이 시합하는 영상을 보면서 주 무기와 약점을 찾아내느라 골머리를 앓았고 김만덕은 온몸에 방어구를 장착한 채 강태산의 타격 연습을 받아내느라 인간 샌드백이 되어 구슬땀을 흘렸다.

별도의 체력 훈련을 할 필요가 없으니 강태산이 주로 한 것은 복싱 기술과 주짓수, 그리고 킥을 연마하는 것이었다.

물론 그의 테크닉은 최고의 수준을 자랑한다.

그는 무림에서 이백여 차례의 전투를 치르면서 생존 능력은 물론이고 적의 약점을 파고드는 발굴의 공격 본능을 키워 온 사람이었다.

더군다나 그러한 능력을 밑바탕에 깔고 5년 동안 복싱 기술과 킥력을 익혔기 때문에 전문가들이 입을 다물지 못할 정도의 테크닉을 지니고 있었다.

현천기공을 가동시키지 않고 순수한 육체의 힘만으로 싸운다면 격투의 능력은 비교조차 할 수 없을 정도로 약화된다.

기공이 칠성에 이르면서 그의 몸은 강력한 타격은 물론이고 웬만한 무기의 공격조차 충격을 주지 못할 정도로 철벽같은 방어막이 형성되었다.

청룡을 알레포공항으로 철수시킬 때 한 자루 흑혈도로 적의 진지를 쑥대밭으로 만들면서 이십여 발의 총격을 당했지만 그의 몸이 멀쩡할 수 있었던 것은 현천기공을 극으로 돌렸기 때문이었다.

아무리 방탄복을 입었다 해도 현천기공의 효능이 없었다면 그는 알라크의 뜨거운 사막에서 검은 독수리들의 밥이 되었을지 모른다.

현천기공의 효능은 그뿐만이 아니다.

내공을 집중시킨 그의 주먹은 바위마저 부숴 버릴 만큼 강력했고 태을성공까지 곁들여지면 세상의 그 어떤 존재도 그의 몸에 손을 대지 못한다.

그만큼 현천기공은 현대에서는 절대 존재할 수 없는 신의 무기였다.

하지만 강태산은 격투기를 시작하면서 한 번도 현천기공을 운용하지 않았다.

자신이 지닌 순수한 힘이 어디까진지 시험해 보고 싶었기 때문이었다.

자신도 주체할 수 없이 터지는 피에 대한 그리움.

누군가를 향한 분노.

그리고 자신의 삶에 지쳐 버린 영혼의 아픔.

그러한 모든 것을 잠재우기 위해 시작한 격투기였다.

순수한 힘만으로 어디까지 갈 수 있는지 알고 싶었고 강한 상대와 싸우며 잔인함과 더러움에 찌들어 버린 자신의 영혼을 위로해 주고 싶었다.

*   *   *

미켈슨은 세계 최고 수준을 자랑한다는 UFC의 신성이었기에 강태산은 구슬땀을 흘리며 타격 기술과 그라운드 기술을 보름 동안 더욱더 정교하게 다듬었다.

미켈슨의 주 무기는 주짓수였으나 타격 기술도 무시무시했다.

각도를 비틀며 빠져나오는 오른손 훅과 불현듯 터져 나오는 어퍼컷에 걸리면 여지없이 상대는 그로기에 몰리곤 했다.

그것만이라면 문제가 없겠지만 그의 테이크다운 능력은 더욱 무시무시해서 UFC에 데뷔해서 거둔 6번의 승리 중 4번이 상대의 탭을 받아내 끝낸 것이었다.

타격 기술과 주짓수 기술의 완벽한 조화.

뻔히 알면서도 그와 상대했던 선수들이 주짓수에 당할 수밖에 없었던 것은 그의 강력한 타격 기술이 뒷받침되었기 때문이었다.

김 관장은 국내에서 가장 강한 팀을 이끌고 있는 '투혼'팀의 정훈 사장에게 부탁해서 미켈슨과 비슷한 유형의 선수들을 강태산의 스파링 파트너로 붙여주었다.

세상에 공짜란 없다.

스파링 파트너를 불러들이기 위해서는 꽤 많은 돈을 줘야 했기 때문에 김 관장은 관원들에게 받은 돈을 거의 다 날렸다.

김 관장은 강태산을 위해 최선을 다했지만 커다란 효과는 보지 못했다.

'투혼'팀에서 가장 강하다는 선수들조차 강태산과의 스파링에서 1라운드를 버티지 못했기에 제대로 된 훈련을 할 수 없었기 때문이었다.

그럼에도 강태산은 태연했다.

김 관장은 훈련이 생각대로 되지 않자 안절부절못했지만 강태산은 오히려 그런 그를 따뜻하게 위로해 주었다.

$*$ $*$ $*$

UFC 450이 열린 곳은 미국 네바다 주 라스베이거스 만달레이베이 이벤트센터였다.

라스베이거스. 환락과 도박의 도시.

전 세계에서 몰려든 관광객과 갬블러들이 열광적으로 경기장을 찾기 때문에 UFC 경기는 대부분 이곳에서 열린다.

강태산이 일주일 전에 미국으로 가는 비행기를 예약한 것은 시차를 극복하기 위함도 있었지만 현장의 분위기를 확인하고 계체량 측정 등 공식 행사가 잡혀 있었기 때문이었다.

다른 선수들은 한 달 전에 출국해서 컨디션도 조절하고 유명 도장에서 체계적인 훈련을 했으나 강태산은 그런 일정을 모두 생략해 버렸다.

UFC 경기에 처녀 출전하는 강태산 일행이 일주일 전에서야 출국하는 것을 보며 많은 격투기 관계자가 우려 섞인 눈길을 보내왔다.

그들이 뒤늦게 출국하는 이유가 경비 문제 때문이라고 판단했기 때문이었다.

특히 그동안 계속해서 강태산을 영입하기 위해 노력했던 '투혼'팀의 정훈 사장은 이번 원정에 관한 일체의 경비를 자기가 지급하겠다는 제의를 해왔다.

어차피 동네 체육관을 운영하는 김영철 관장은 세계 무대를 상대로 매니징을 할 수 없으니 차후 자신과 계약을 하자는 조건을 달고서 말이다.

김 관장은 눈치를 보면서 고민했지만 강태산은 단칼에 그의 제의를 거절했다.

물론 '투혼'팀에 들어가면 여러 면에서 편하겠지만 강태산은 5년 동안 쌓아온 김 관장과의 우정을 배신할 마음이 없었다.

인천공항에 강태산 일행이 도착해서 수속을 밟을 동안 찾아온 언론 기자는 한 명도 없었다.

심지어 이틀 동안 인터뷰를 위해 쫓아왔던 최유진도 보이지 않았다.

어찌 보면 당연한 일이다.

국내 격투기 마니아 사이에서 인기를 얻고 있는 강태산이었지만 대부분의 국민들은 그를 모르기 때문에 언론에서 공항까지 나와 취재할 이유가 없었다.

미국을 비롯해서 전 세계가 UFC에 열광하고 있었으나 아직까지 대한민국은 프로야구와 축구 등 구기 종목에 모든 시선이 가 있었다.

현재 UFC에서 활동하는 국내 선수는 웰터급 13위에 올라있는 윤동수가 유일했다.

더군다나 그마저 최근 경기에서 연패에 빠졌고 국내 격투기의 수준이 UFC에 비해 워낙 떨어졌기 때문에 일부 마니아를 제외하고 대부분의 국민들은 격투기에 관심을 갖지 않았다.

더군다나 강태산의 경기는 언더카드에 배치되어 있었다.

UFC 450의 메인카드는 헤비급 챔피언 히카르도와 잭슨, 여성부 페더급 챔피언 마틸다와 첼리코의 대결 등 막강 매치들로 구성되어 있었기 때문에 미켈슨이 신성으로 떠오르고 있는 선수였음에도 UFC 측에서는 그들의 경기를 언더카드로 밀어냈던 것이다.

LA를 거쳐 라스베이거스에 도착한 김 관장과 김만덕은 녹초가 되어 있었다.

16시간 비행기에서 시달린 그들은 공항에 도착하자 의자에 주저앉아 한동안 일어서지 못했다.

매니저 계약을 했으니 그들이 강태산을 편안하게 여행할 수 있도록 모셔야 했지만 실상은 완전히 거꾸로 변해 있었다.

여행 일정과 티케팅을 비롯해서 세세한 것까지 강태산이 모두 다 했고 심지어 짐까지도 혼자 돌아다니며 찾아왔다.

어쩔 수 없는 일이었다.

영어라고는 한마디도 못 했고 더군다나 외국 여행이 처음이었기 때문에 그들은 눈 뜬 장님에 불과했다.

강태산이 짐을 캐리어에 싣고 오자 의자에 앉아서 쉬고 있던 김만덕이 꾸물거리며 일어섰다.

워낙 덩치가 큰 김만덕은 이코노미석에서 다리조차 펴지 못하고 날아왔기 때문에 한동안 바닥에 주저앉아 일어서지 못하고 있었다.

"그걸 왜 형이 찾아와. 나를 시키라고 했잖아!"

"제대로 서지도 못하는 놈이 무슨……."

"아이고, 미안해서 그러지. 시합하러 온 선수한테 하나서부 터 열까지 다 시키다니 내가 죽일 놈이야."

"이놈아, 그러니까 내가 그렇게 공부 좀 하라고 했잖아. 아 들이라고 하나 있는 게 맨날 말도 안 듣고 속만 썩이더니 쯧 쯧쯧……."

김만덕이 과장되게 죽을상을 지으면서 자신의 머리를 때리 자 김 관장이 옆에서 신경질적으로 혀를 차댔다.

언제나 볼 수 있는 장면.

두 사람은 국내에 있을 때도 툭하면 이와 똑같은 장면을 연 출했는데 그대로 두면 30분은 예사로 투닥거렸다.

그랬기에 강태산은 중간에서 끼어들어 두 사람의 대화를 원천 차단했다.

"관장님, 가시죠. 공항에 도착했지만 호텔까지 가려면 시간 이 걸려요. 얼른 가서 짐 풀고 밥 먹자고요."

"호텔에서 잘 거야?"

"그럼 어디서 잡니까?"

"내가 돈이… 있는 대로 박박 긁어서 가져오긴 했는데 워낙 급하게 장만하느라고 충분하지가 않아."

"걱정하지 마세요. 제가 챙겨 왔습니다."

"네가 무슨 돈이 있어?"

"계약금 받은 거 남았잖습니까."

"그건 쓰면 안 되지. 명색이 네 매니전데 이거 체면이
원……."

"나중에 정산하면 되지 뭘 그렇게 걱정하세요."

"그래도 될까?"

"우리 무대포 관장님이 언제부터 이렇게 소심해지셨습니
까!"

"좋다, 나중에 다 갚는 걸로 하자. 아이고, 계약금 빌린 거하
고 이런 경비 쓴 거 다 따지면 남는 거 하나도 없겠다."

"돈 벌려고 제 매니저 하신 겁니까?"

"그건 당연히 아니지. 난 돈 필요 없어. 내 꿈은 내 손으로
챔피언 만드는 것뿐이다. 너만 챔피언 먹으면 난 굶어 죽어도
행복한 사람이야."

"그런데 뭘 걱정이세요. 가시죠, 택시 왔습니다."

＊   ＊   ＊

UFC 부사장 제프리 조던과 극동 스카우터 리키 루비오는
강태산이 훈련하는 장면을 지켜보면서 고개를 절레절레 흔들

었다.

불과 삼 일 전에 들어온 강태산은 불쑥 전화를 해왔는데 훈련할 장소를 마련해 달라는 요청이었다.

기가 막혀 말이 나오지 않았다.

한국에는 꽤 괜찮은 프로모션이 몇 개 있는 걸로 아는데 강태산은 말도 안 되는 떨거지 둘만 달랑 데리고 시합 일주일 전에 들어왔으니 인상이 펴지지 않았다.

강태산과 미켈슨의 대전은 워낙 메인카드들이 막강했기 때문에 언더카드로 밀렸지만 그들이 무척 기대하는 경기였다.

메인카드들이 경기를 말아먹는 경우가 부지기수였기 때문이었다.

특히 메인 매치인 헤비급 타이틀은 단숨에 끝나는 경우가 많았고 나머지 빅 이벤트들도 관중들의 기대에 부응하지 못하는 경우가 왕왕 있었다.

그럴 경우 언더카드들이 관중들을 열광시켜 줘야 하는데 그들은 강태산과 미켈슨이 그런 역할을 해주길 기대하는 중이었다.

"저놈 혹시 시합 포기한 거 아냐?"

"글쎄요. 몸놀림이 이상하긴 하군요."

"저건 훈련이 아니다. 시합을 앞둔 놈이 저런 몸놀림을 보인다는 건 진혀 준비기 안 됐다는 뜻이야."

"이제 들어온 지 삼 일 되었으니 몸이 가벼울 리 없습니다.

더군다나 밤에 들어왔기 때문에 실질적으로 하루가 조금 넘었단 말입니다. 저런 몸놀림이 나오는 건 당연해요."

"그래서 하는 말이다. 시차 적응하는 데만 해도 일주일은 걸리는데 지금 들어오다니……."

두 사람은 링 위에서 천천히 움직이는 강태산과 김만덕을 바라보며 표정을 일그러뜨렸다.

제프리 조던이 부담을 안고서 강태산의 계약 조건을 수락해 준 것은 그가 가지고 있는 파이팅 능력을 높이 샀기 때문이었다.

하지만, 현재 링에서 움직이고 있는 강태산의 몸은 더없이 무거워 보였고 펀치 역시 슬로비디오를 보는 것처럼 느렸다.

수없이 많은 선수들의 스파링을 봤고 컨디션을 점검해 왔으니 단박에 강태산의 상태를 알 수 있었다.

그들의 눈으로 봤을 때 지금의 강태산은 절대 시합할 컨디션이 아니었다.

그랬기에 제프리 조던은 슬그머니 이를 악물고 리키 루비오를 노려봤다.

자신을 한국까지 날아가게 만들어서 겨우 계약한 놈이 이런 꼴을 보이자 리키 루비오를 바라보는 그의 얼굴은 무섭게 일그러져 있었다.

"미켈슨은 한 달 전에 와 있었지?"

"예, 맞습니다. 현재 타카로에서 맹훈련을 끝내고 컨디션 조절 중에 있습니다."

"내가 한국의 정 사장에게 전화를 받았는데 저놈들이 늦게 들어온 것은 돈이 없어서라는군."

"계약금을 줬잖습니까?"

"그 돈으로 체육관을 옮긴 모양이다."

"한 푼도 안 남기고 말입니까?"

"그랬으니 저러고 있는 것 아니겠나."

"당장 내일이 계체량을 하는 날인데 걱정이군요."

"걱정할 것 없어. 프로는 계약에 대해서 책임을 져야 하는 법이니까."

"저런 몸이라면 시합이 단숨에 끝납니다. 언더카드에서 관중들을 열광시키는 시합이 없으면 자칫 흥행에 문제가 생길 수도 있습니다."

"그렇게 돼서는 안 되겠지. 리키!"

"예, 부사장님."

"미켈슨 쪽에 전해."

"뭘 말입니까?"

"놈이 포기하고 대충 시합을 끝낼 생각을 가졌다면 그렇게 해줄 수 없어. 철저하게 짓밟아서 관중들이 충분히 피를 볼 수 있도록 만들란 말이야."

"그건 좀……."

"내 말대로 해. 시합을 제대로 준비하지 않고 돈만 삼키려

는 놈이 어떻게 되는지 철저하게 본보기를 보여줘야 다시는
이런 일이 발생하지 않는다."

"…알겠습니다."

"시합을 맡는 레퍼리가 요시다지?"

"네, 그렇습니다."

"요시다에게도 전해. 완전히 기절할 때까지는 가급적 시합
을 멈추지 못하도록 압력을 넣으란 말이야. 개 같은 놈. 남의
돈을 날로 먹으려고 하다니……."

"저놈은 여섯 경기를 계약했습니다. 완전히 망가뜨리면 다
음에 써먹지 못할 수도 있습니다."

"역할을 못하는 기계는 폐기 처분 하는 법이다. 관중들이
모두 자리에서 일어날 만큼 피를 흘리게 만들면 그것으로 저
놈 역할은 끝이야!"

스파링을 마치자 김만덕은 숨을 헐떡거리며 링에서 내려왔
다.

불과 20여 분 동안 천천히 뛰었을 뿐인데도 그는 서 있는
것조차 힘들어 보였다.

그의 몸 상태는 그야말로 최악이었기에 강태산은 따라 내
려오면서 혀를 찼다.

시차 적응이 안 됐고 감기 증상마저 겹쳐서 오늘 아침 겨우
일어난 그는 혼자 훈련 나가겠다는 강태산의 말을 듣지 않고

기어이 따라 나왔던 것이다.

놈은 그 상태에서도 어떡하든 강태산을 도와주고 싶었던 모양이었다.

"괜찮냐?"

"형, 나 죽을 지경이야. 몸이 천근처럼 무거워."

"그러게 따라오지 말라니까 왜 말을 안 들어!"

"난 죽겠는데 형은 괜찮아?"

"아무렇지 않다. 워낙 단련되어 있어서 이골이 나 있거든."

"어련하겠어. 그런데 살살 맞았는데도 왜 이렇게 아프냐. 움직이기도 힘드네."

"코치가 방어구를 놓고 오는 놈이 어디 있냐. 전쟁 나가는 놈이 무기도 안 들고 왔으니 넌 골병들어도 싸."

"글쎄 말이야. 그나저나 나 때문에 형이 제대로 훈련조차 못 했잖아. 정말 미안해."

"어디 한두 번이었어야지. 먼저 들어가서 쉬고 있어. 난 샌드백이나 좀 두드리다 갈 테니까."

"아무래도 그래야겠다. 그나저나 그 사람들 가버렸네."

김막덕이 제프리 조던과 리키 루비오가 있었던 소파 쪽을 바라보며 중얼거렸다.

처음에는 반갑게 맞이하던 사람들이 점점 표정이 이상해지더니 간다는 말조차 없이 사라졌던 것이다.

김만덕의 의문에 강태산이 쓴웃음을 지었다.

스파링을 하면서도 주변을 살피는 게 버릇이 되어버린 건 오래전의 일이다.

그것은 아주 오래전 목숨을 건 전장에서부터 시작된 버릇이었다.

주변을 경계하지 않으면 언제 목숨을 잃을지 모르니 그는 무엇을 하든 주변에 존재하는 사람들의 행동과 표정을 소홀히 하지 않았다.

더군다나 20여 분에 걸쳐 훈련한 스파링에서는 김만덕의 컨디션이 엉망이었고 보호구도 없었기 때문에 천천히 움직였는데, 덕분에 그들이 자신을 바라보는 표정을 고스란히 읽을 수 있었다.

실망.

단적으로 그들의 얼굴에서 나타난 것은 실망이었다.

그러나 강태산을 기분 나쁘게 만든 것은 체육관을 빠져나가는 그들의 얼굴에서 뭔가 음모의 냄새가 맡아졌기 때문이었다.

그들의 몸에서는 그 옛날 누군가를 죽이기 위해 칼날을 갈던 비천사의 무리들과 비슷한 악취가 흘러나오고 있었다.

기분 나쁜 냄새.

하지만 곧 강태산은 천천히 샌드백이 있는 곳을 향해 걸어갔다.

상관없다.

지금까지 살아오면서 그를 향해 더러운 냄새를 흘린 놈들은 반드시 그 대가를 몇 곱절로 받았다.

목숨을 노린 놈은 죽음으로 갚았으며, 재산을 노린 놈은 가진 모든 것을 빼앗았다.

 *   *   *

다음 날.

계체량에는 수많은 기자가 와 있었다.

UFC 450에는 세간의 관심을 끌어모은 빅 매치가 연달아 벌어진다.

그중 초미의 관심을 모은 것은 헤비급 챔피언 히카르도와 잭슨의 리벤지 매치였다.

히카르도는 6개월 전에 그 당시 막강한 챔피언으로 군림하던 잭슨을 KO로 눕혔는데 사람들은 잭슨의 강력함을 잊지 못하고 재대결을 간절히 원했다.

너무나 어이없이 러키펀치로 인해 승부가 결정되었기 때문에 재대결을 통해 진정한 챔피언이 누군지 가려야 한다는 게 그들이 재대결을 원한 이유였다.

헤비급 매치에 못지않게 여자들의 대결인 마틸다와 첼리코의 대결도 사람들이 간절히 기다렸던 빅 매치였다.

무패의 전적을 가진 여전사들의 맞대결.

마틸다는 20전 전승을 기록하면서 세계 타이틀을 7차례나 방어한 극강의 챔피언이었고 첼리코는 UFC에 혜성처럼 나타나 강자들을 차례대로 꺾으며 11전 전승을 기록하고 있었다.

둘의 대결이 세간의 관심을 온통 끌어모은 것은 첼리코가 여자 복싱 세계 챔피언 출신이었기 때문인데 그녀는 최근 5경기를 연속으로 KO승을 기록하며 마틸다의 강력한 대항마로 떠올랐다.

엄청난 타격 능력을 지닌 그녀가 과연 마틸다를 꺾을 수 있을 것인지 전 세계의 격투기 팬들은 초미의 관심을 가지고 기다리는 중이었다.

하지만, 그렇게 많은 기자들이 있었음에도 강태산을 주목한 기자는 아무도 없었다.

어쩌면 당연한 일이었다.

심지어 대한민국에서까지 관심을 보이지 않는 선수에게 플래시를 터뜨릴 이유가 그들에게는 없었기 때문이었다.

강태산은 진행자의 지시에 따라 천천히 체중계로 나아가 몸무게를 잰 후 내려와 한쪽 편에 서서 윗옷을 입었다.

정확하게 라이트급 한계체중인 70kg을 맞췄기 때문에 계체량을 통과하는 데는 아무런 문제가 없었다.

그의 평소 체중은 73kg이었으나 지금까지 체중을 감량한 적은 한 번도 없었다.

현천기공을 운용해서 몸을 가볍게 만들면 3kg 정도는 가볍게 줄어들기 때문이었다.

한쪽 편에 서서 반대쪽을 바라보자 미켈슨이 체중계로 올라가는 것이 보였다.

놈은 이곳에 나타난 이후로 계속해서 자신을 바라보고 있었는데 왠지 모르게 비웃는 듯한 웃음을 짓고 있었다.

미켈슨이 나타나자 강태산 때와는 다르게 많은 기자들이 플래시를 터뜨리는 것이 보였다.

라이트급의 신성이라 불린다더니 기자들에게 꽤 큰 관심을 받고 있었다.

잘생긴 얼굴.

백인이면서도 턱선이 유려하게 빠졌고 금발을 가져 여자들이 꽤나 좋아할 타입이었다.

더군다나 미국 출신이었기 때문에 기자들 중에서는 그의 이름을 연호하며 파이팅을 외치는 자도 있었다.

한쪽 편에 물러서 있던 강태산이 진행자의 손짓에 따라 중앙으로 다가가자 계체량을 마친 미켈슨도 반대 방향에서 걸어왔다.

정해진 순서에 의해 사진기자들이 사진을 찍을 수 있도록 서로 간에 주먹을 쥐고 포즈를 잡았다.

그때 미켈슨이 다시 웃는 게 보였다.

놈은 분명히 자신을 비웃고 있었다.

그것을 확인시켜 주듯 놈은 포즈를 끝내고 악수를 하면서 그렁대는 목소리를 흘려냈다.

"어이, 촌놈. 여긴 왜 온 거냐?"

"알아듣기 쉽게 말해."

"난 네가 꽤 괜찮은 전적을 가지고 있기 때문에 기대를 하고 있었는데 정말 실망이다."

"무슨 소리냐?"

"너는 싸우러 온 게 아니라고 들었다. 돈 때문에 어쩔 수 없이 왔다고 하더군. 파이터라는 놈이 그런 짓을 하다니 정말 어처구니가 없는 일이다."

"이 새끼가 듣다 보니 점점 가소로운 소릴 하고 있군."

"널 반쯤 죽여도 좋다는 소릴 들었다. 그렇다고 너무 걱정하지는 말아라. 네 팔다리 중 하나만 부러뜨릴 테니."

놈의 말을 듣고 강태산이 피식 웃었다.

대충 무슨 이야긴지 짐작이 갔기 때문이었다.

미켈슨은 절대 자신에게 지지 않을 것이란 생각을 가졌던지 기자들을 바라보며 웃는 얼굴로 돌아서고 있었다.

*   *   *

김현웅은 두근대는 가슴을 진정시키지 못하고 만달레이베이 이벤트센터로 들어서서 자리에 앉았다.

UFC 450.

그는 여자친구와 함께 이틀 전에 라스베이거스로 들어와 오늘 경기를 학수고대하며 기다렸다.

김현웅은 격투기 블로그의 운영자로 각 체급의 전설적인 선수들과 현 챔피언, 그리고 명경기들을 모아서 올려놓았고 각 경기마다 관전평과 게임 내용을 분석해서 회원들에게 보여줄 정도로 전문적인 식견을 가진 사람이었다.

파워 블로거.

수많은 격투 관련 블로그가 존재하고 있었지만 그의 블로그는 독보적인 위치를 가지고 있었기 때문에 하루 이용자가 만여 명에 달할 정도였다.

광고가 따라붙은 건 당연한 일이었다.

돈을 벌겠다는 생각으로 블로그를 만든 건 아니었지만 20여 개의 광고가 게재되면서 꽤 많은 돈이 들어왔기 때문에 시간이 흐를수록 그는 윤택한 생활을 즐길 수 있었다.

그가 커다란 결심을 굳히고 미국행을 택한 것도 그런 배경이 있었기 때문이었다.

김현웅은 헤비급 챔피언 잭슨의 열혈 팬으로서 그가 불의의 일격을 당하고 타이틀을 빼앗겼을 때 밤새도록 술을 마셨을 만큼 억울해했다.

잭슨의 리벤지 매치가 성사되었다는 뉴스를 보고 난 후 오랜 시간 UFC 450을 기다려 온 그는 개최 일정이 잡히자 역사의 현장을 스케치해서 블로그에 올릴 계획을 가지고 직접 미국으로 날아왔다.

더욱 그를 이곳 만달레이베이 이벤트센터로 오게 만든 것은 바로 오늘 강태산이 UFC 데뷔전을 치른다는 것 때문이었다.

그는 거의 10여 년 동안 격투기를 봐오면서 강태산처럼 매력적인 선수를 본 적이 없었다.

치열한 전투 능력.

절대 물러서지 않는 패기와 완벽에 가까운 타격 기술.

그리고 남자의 마음마저 움직이게 만들 정도로 잘생긴 얼굴.

무엇 하나 빠지는 것이 없을 정도로 강태산은 매력덩어리였다.

시간이 지나면서 만달레이베이 이벤트센터에는 사람들로 가득 차기 시작했다.

수용 인원 12,000명을 수용하는 만달레이베이 이벤트센터는 사람들로 가득 들어차자 마치 인간들의 숲을 보는 것 같았다.

시합도 시작되지 않았는데 이미 홀은 사람들의 열기로 가득 차 있었다.

"오빠, 대단해. 나는 이런 장면 처음이야."

"그렇지. 나도 그래."

"마치 인간들의 숲을 보는 것 같아. 텔레비전에서 봤을 때와는 분위기가 완전 다른 거 있지."

"그래서 직접 눈으로 봐야 돼. 오늘은 정말 기대가 된다. 워낙 많은 빅 매치가 있으니까 화장실 갈 새도 없을 거야."

"오줌 마려워."

"그래? 그럼 곧 시합이 시작되니까 얼른 갔다 와."

하정아가 자리에서 일어나는 것을 보면서 김현웅이 씨익 웃었다.

그녀의 아름다운 히프가 눈으로 들어왔기 때문이었다.

그녀의 뒷모습을 보자 문득 어젯밤에 벌였던 섹스가 생각났다.

그녀는 미국에 와서 그런지 이전보다 훨씬 적극적으로 매달리며 마음껏 아름다운 신음 소리를 흘렸었다.

한 가지 기분 나쁜 것은 자신보다 그녀가 강태산의 시합을 훨씬 더 기대하고 있다는 것이었다.

하정아는 자신의 영향 때문인지 언제부터인가 격투기에 푹 빠졌는데 강태산의 시합을 본 이후부터는 완전히 그의 팬이 되어버렸다.

물론 이해는 한다.

완벽하게 빠진 몸매에 영화배우 뺨칠 정도로 잘생긴 얼굴, 그리고 남자의 가슴마저 뜨겁게 만드는 투지를 가진 강태산을 그 어떤 여자가 싫어히겠는가.

그러나 자신의 여자가 다른 남자에게 환호하는 것을 지켜보는 것은 결코 달가운 것은 아니었다.

하정아가 화장실을 다녀오고 얼마 지나지 않아 드디어 경기가 벌어지기 시작했다.

처음 벌어진 언더카드 두 경기는 격투기 전문가인 그도 겨우 이름만 들어봤을 정도로 무명 선수들의 대결이었다.

더군다나 처음 경기는 둘 다 주짓수가 주특기였기 때문에 지루한 경기가 이어졌고 두 번째 경기는 1라운드 초반에 한 방의 펀치로 승부가 결정되어 관중들의 함성을 이끌어내지 못했다.

다음 경기를 맞이하는 관중들의 태도는 처음과 변하지 않았다.

어차피 메인 경기를 보러 온 사람들이었으니 언더카드 정도는 봐도 그만, 안 봐도 그만이었다.

하지만 김현웅과 하정아는 다른 사람들과는 표정이 완전히 달랐다.

특히 하정아는 강태산이 옥타곤을 향해 다가오자 자리를 박차고 일어나 소리를 지르기 시작했는데 주변 사람들이 모두 놀랄 정도였다.

하정아와 김현웅은 다른 사람의 시선을 의식하지 않고 강태산이 움직이는 걸음에 맞춰 소리를 치르며 박수를 쳤다.

그의 등장 음악이 바로 '아리랑'이었기 때문이었다.

강태산은 가볍게 몸을 풀면서 음악에 맞춰 옥타곤으로 향했다.

그가 출정 음악으로 아리랑을 선택한 것은 격투기로 세계에 대한민국의 이름을 알리고 싶다는 마음 때문이었다.

처음에는 작은 바람과 욕심으로 시작한 것이었으나 UFC까지 오게 되자 끝장을 봐야 되겠다는 생각이 들었다.

돈에 구애받지 않았지만 김 관장을 볼 때마다 도와주고 싶다는 마음이 들었다.

그리고, 신촌의 식구들.

권 여사는 아저씨가 죽으면서 남겨준 보험금으로 동생들을 가르쳤기 때문에 여유 있는 삶을 한 번도 누리지 못했다.

더군다나 가진 돈이 없으면서도 권 여사는 자신을 아들로 생각하며 장가 밑천까지 생각하고 있었다.

그것은 어느 날 우연히 부엌에 놓여 있는 그녀의 일기장을 통해 알게 되었다.

보지 않으려 했으나 자신의 이야기가 쓰여 있었기 때문에 무의식적으로 눈이 갈 수밖에 없었다.

권 여사는 자신이 결혼할 때 전세라도 얻어주고 싶다는 간절한 마음을 거기에 써놓았다.

가슴 깊은 곳에서 울리는 통증.

그 통증은 동생들을 볼 때마다 더욱 커져갔다.

동생들은 그를 혈육으로 생각하며 따랐기 때문에 그녀의

일기를 본 후 마음의 빚이 점점 쌓여갔다.

그러나 그가 출정가로 아리랑을 선택한 가장 큰 이유는 청룡으로 살아온 10년 동안 대한민국의 약소함을 뼈저리게 느꼈기 때문이었다.

강대국들의 틈에 끼여 한 번도 마음껏 소리치지 못하는 조국이 너무나 불쌍했다.

이름 없는 들판에서, 도시에서 죽어간 동료들이 아직도 눈에 선하다.

그들은 오로지 대한민국을 위해서 자신의 목숨을 바친 영웅들이었으나 세상에 이름조차 알리지 못하고 한 줌의 흙으로 되돌아갔다.

당당하게 힘으로 세계에 대한민국의 힘을 과시하는 순간이 언젠가는 올 것이다.

분명히.

하지만 그 전에 UFC로 먼저 대한민국의 힘을 보여주고 싶었다.

전 세계인들이 모두 알도록.

대한민국의 전사가 얼마나 무서운 힘을 가지고 있는지 그들 모두의 가슴에 비수처럼 심어놓을 생각이었다.

환호성은 들리지 않았다.

그래, 그렇겠지.

이제 막 UFC 데뷔전을 치르는 자신에게 환호성을 보낸다면 오히려 그게 더 이상한 일이다.

강태산은 옥타곤 주변까지 걸어간 후 진행자의 손짓에 따라 걸음을 멈추었다.

그런 후 입고 있던 면티를 벗어 김만덕에게 넘겨주었다.

놈은 어디서 그런 머리가 나왔는지 이 기회에 체육관을 홍보해야 된다면서 면티와 트렁크에 '만덕체육관'이란 글씨를 대문짝만 하게 써 붙여놓았다.

정말 촌스러웠다.

글씨는 완전 고딕체였고 크기도 커서 등짝이 전부 글씨로 덮일 지경이었다.

그러나 결국 입을 수밖에 없었다.

김만덕이 필사적으로 달라붙어 강제로 입혔기 때문에 강태산은 울며 겨자 먹는 심정으로 그 촌스러운 티를 아름답게 입어야 했다.

진행자는 강태산의 몸을 뒤진 후 얼굴에 커팅을 방지하는 바세린을 발라주고 링 위로 올라가게 했다.

링 위에 오르자 만달레이베이 이벤트센터에 가득 들어찬 관중들이 한눈에 들어왔다.

인간들의 숲.

12,000명이 들이찬 홀은 숨쉬기 거북할 정도의 열기로 가득 차 있었다.

옥타곤에 올라와 가볍게 몸을 풀자 반대쪽에서 미켈슨이 입장하는 것이 보였다.

"태산아, 다시 말하지만 절대 붙잡혀서는 안 돼. 알았지?"

"알고 있습니다."

"테이크다운이 들어오면 옆으로 빠지란 말이다. 손으로 놈의 머리를 반드시 밀치면서 빠져야 해."

"알았어요."

"그리고⋯⋯."

김 관장이 계속해서 작전 지시를 내렸다.

하지만 강태산은 그의 말을 듣는 둥 마는 둥 하면서 옥타곤에 올라온 미켈슨에게 눈을 맞췄다.

놈은 여전히 자신을 향해 비릿한 웃음을 날리고 있었다.

강태산은 사회자의 소개에 의해 옥타곤의 중앙으로 걸어가며 손을 치켜들었다.

브루스 커린은 UFC의 전속 사회자로 관중들의 심장을 뜨겁게 만드는 특별한 능력을 가진 사람이었다.

하지만 그 역시 이번 경기에는 그런 능력을 사용하지 않았다.

자신의 장점을 극대화시키는 순간은 지금이 아니라 나중에 벌어지는 메인 매치였기 때문일 것이다.

강태산을 소개할 때는 미동조차 하지 않던 관중들이 미켈슨을 소개하자 환호성을 보내왔다.

　미국인들이 대부분인 관중들은 미켈슨의 승리를 의심하지 않으며 KO시켜 버리라는 주문을 함성으로 대신하고 있었다.

　소개가 끝나고 레퍼리의 지시에 의해 중앙으로 걸어가자 선수들을 앞에 세운 그는 간단한 주의 사항을 알려주었다.

　이미 알고 있는 내용이었지만 가볍게 고개를 끄덕여 체면을 살려주었다.

　미켈슨은 고개를 빳빳이 든 채 계속해서 자신을 향해 웃음을 보였다.

　그런 놈을 향해 마주 웃음을 지어주었다.

　오늘. 너는… 너의 인생에서 가장 화려하고 아름다운 경험을 하게 될 것이다.

　기대해도 좋다.

　강태산이 뒤로 물러나 코너로 돌아오자 그동안 잠잠했던 관중들이 슬며시 기대에 찬 웅성거림을 보였다.

　"형, 꼭 이기자!"

　"좀 떨어져. 귀 아프다, 인마."

　"지금 이 상황에 꼭 그런 소리를 해야 되겠어?"

　"걱정하지 마. 이길 테니까."

　"서 씨발놈, 웃는 게 징말 기분 나빠. 묵시발을 만들어 버려."

"그렇지 않아도 그럴 생각이다."

사람은 느끼는 것이 모두 같은 모양인지 김만덕은 미켈슨을 향해 알 수 없는 적의를 나타냈다.

물론 강태산의 투지를 복돋워 주기 위한 그만의 방법인지도 모른다.

삐잉.

레퍼리가 중앙으로 나오는 순간 어디선가 시합을 알리는 경적 소리가 울려 나왔다.

천천히 링으로 다가가 미켈슨을 향해 주먹을 내밀었다.

스포츠맨십을 위한 예의가 아니라 오늘의 시합을 멋지게 치르기 위한 자신만의 표현이었다.

그러나 놈은 그저 씨익 웃기만 할 뿐 마주 주먹을 내밀지 않았다.

적의.

웃는 그의 얼굴에서 나타난 것은 멸시가 담겨 있는 적의가 분명했다.

강태산은 그런 놈을 향해 다가갔다.

지금까지 싸워오면서 한 번도 상대가 두려워 아웃사이드로 도망친 적이 없다.

옥타곤의 중앙은 언제나 그의 것이었다.

강태산이 다가가자 미켈슨의 주먹이 속사포처럼 쏟아져 나왔다.

빠르다, 그리고 강력하다.

라이트급의 몸놀림은 헤비급과 비교하면 배는 빠르다.

더군다나 빠른 워킹에서 터져 나오는 주먹의 속도는 눈에 보이지 않을 정도라서 잠깐만 집중하지 않으면 순식간에 경기가 끝나는 수가 많았다.

좌우 스트레이트에 이은 양쪽 복부 공격.

미켈슨의 주먹이 전광석화처럼 강태산의 안면과 복부를 타격하고 빠져나갔다.

강태산은 얼굴로 날아오는 주먹을 더킹으로 흘렸고 복부로 들어온 주먹은 팔을 내려 커버링했다.

그러고는 곧장 미켈슨의 가슴으로 파고들며 레프트 훅과 라이트 보디블로를 때렸다.

관중들이 봤을 때는 서로 총알같이 주고받은 난타전으로 보였을 것이다.

미켈슨의 주먹은 흘러나갔으나 강태산의 타격은 미켈슨의 관자놀이와 복부에 꽂혔다.

하지만 미켈슨은 뒤로 물러나며 가드를 올린 채 날카롭게 강태산을 노려봤다.

충격이 없다는 뜻이다.

결정적인 순간에 놈은 머리를 흔들어 충격을 완화했고 복부 역시 옆으로 돌아서며 정확한 타격을 피했다.

역시 UFC의 신성이라는 말이 부끄럽지 않을 정도로 타격에 대한 방어 능력이 탁월했다.

강태산은 그런 놈을 바라보며 다시 한 발 한 발 다가섰다.

미켈슨이 단 한 번의 접전만으로도 강태산을 경시하던 마음을 접었다는 걸 단숨에 알 수 있을 만큼 눈빛이 달라져 있었다.

인파이터란 물러서지 않고 앞으로 전진하며 싸우는 사람을 말한다.

강태산은 국내에서 경기할 때 치열한 인파이팅으로 관중들을 열광시킨 장본인이었다.

그것은 지금도 마찬가지였다.

한 발 한 발.

빠르게, 그리고 맹수가 먹이를 노리는 것처럼 고요하게.

마치 폭풍 전야의 컴컴한 어둠을 뚫고 날아드는 한 마리 독수리처럼 강태산은 미켈슨을 집요하게 몰아붙였다.

미켈슨의 반격도 만만치 않았다.

강태산이 좌우 연타를 안면에 꽂자 곧바로 반격을 가해와 크로스카운터를 턱에 작렬시켰다.

머리를 슬쩍 옆으로 틀며 충격을 완화시킨 강태산의 주먹이 다시 미켈슨의 보디를 노리는 순간 이번에는 미켈슨의 로우킥이 강태산의 왼쪽 장딴지를 가격했다.

밀고 밀리는 접전.

단 한숨도 쉬지 않고 벌이는 난타전.

관중들이 자리에서 일어나기 시작한 것은 1라운드 중반이 채 지나지 않았을 때부터였다.

"와아… 와아!"

강태산은 자신의 턱을 훑고 지나가는 미켈슨의 주먹을 따라가며 왼쪽 훅을 터뜨렸다.

덜컥!

미켈슨의 머리가 타격력을 이기지 못하고 뒤로 밀려났다.

하지만 그는 곧 정신을 차리고 사이드스텝을 이용해서 빠져나갔다가 곧장 좌우 훅에 이은 테이크다운을 시도해 왔다.

지금까지 수없이 많은 난타전을 벌이면서 처음으로 시도되는 테이크다운이었다.

강태산은 뒤로 한 발자국 물러섰다가 옆으로 돌며 놈의 하체 공격을 막아내고 고개를 흔들어댔다.

그라운드 기술을 쓰지 말라는 표현이었다.

가장 멋진 승부. UFC 역사상 기억에 남길 수 있는 명승부를 만들어내기 위해서 그라운드 기술은 필요하지 않았다.

사람들의 가슴을 활화산처럼 터지게 만들기 위해서는 3라운드 15분 동안 미치도록 싸워야 한다.

강태산이 수많은 기회를 흘리면서 치고받는 난타전을 벌이는 것은 그런 이유가 있었기 때문이었다.

이 한 번의 시합으로 강태산의 이름을 각인시키기 위해 단 한순간도 관중들이 자리에 앉아 있지 못하도록 열광시킬 생각이었다.

종으로 파고들며 미켈슨이 왼쪽으로 빠져나가지 못하도록 왼쪽 훅으로 겨냥한 후 오른발 로우킥을 날렸다.

주춤하며 미켈슨의 균형이 무너지는 것을 확인한 강태산이 대시하려는 순간 공이 울리면서 레퍼리가 중간으로 뛰어 들어왔다.

1라운드가 끝난 것이다.

"이런 젠장. 미치겠군."

"대단합니다. 관중들이 전부 자리에서 일어나 앉을 생각을 못 하고 있습니다."

"내 눈에 귀신이 씐 모양이다. 저런 놈을 그저 돈이나 바란 놈으로 생각했다니……."

"연습에서는 그렇게 보였잖습니까. 너무 자책하지 마십시오."

제프리 조던이 기가 막힌 눈으로 한숨을 내리쉬자 리키 루비오가 위로를 해줬다.

하지만 그의 얼굴은 활짝 밝아져 있었다.

자신이 주장해서 스카우트한 강태산이 무기력한 모습을 보여준 순간 가슴이 서늘하게 내려앉았었다.

스카우터는 눈이 생명이다.

물론 실패하는 경우도 있었지만 가능성조차 보이지 않는

선수를 스카우트하는 경우는 치명적인 오점을 남기는 법이다.

그랬기에 제프리 조던이 강태산을 폐기 처분 하자는 의견을 내자 눈앞이 컴컴해졌었다.

그러나 지금 이 순간 그의 어깨는 더없이 치켜 올라가 있었다.

오랜 경험.

UFC에서 잔뼈가 굵은 자신은 언제나 정확한 판단을 했었고 이번에도 그럴 것이라 믿었다.

그리고 그 신념은 이제 빛을 발하고 있었다.

단 1라운드 만에 관중들을 모두 기립시켜 버리는 강태산의 마력은 자신이 직접 선택한 것이었다.

제프리 조던의 입이 열린 것은 2라운드 공이 막 울렸을 때였다.

"자네가 봤을 때 누가 이길 것 같나."

"지금으로서는 양쪽 다 쌩쌩합니다. 1라운드에서 계속 치고받는 난타전을 벌였지만 누가 유리하다고 판단하기는 어려울 것 같습니다."

"그렇지, 나도 그렇게 봤어. 그런데 말이야, 뭔가 이상해."

"뭐가 말입니까?"

"강태산 저놈, 뭔가 숨기고 있는 것처럼 보여."

"숨긴다고요? 치열하게 싸웠잖습니까. 저런 와중에 뭘 숨긴단 말입니까?"

"결정적인 순간에 멈칫거린단 말이지. 아주 미세하게… 다른 놈들은 모르겠지만 내 눈에는 세 번이나 보였어. 그게 마음에 걸려."

"저도 봤지만 고의로 그런 건 아닌 것 같습니다. 미켈슨의 반격이 워낙 맹렬하니까 조심한 거겠지요."

"그럴까? 하여간 더 두고 보면 알겠지."

강태산은 성큼성큼 앞으로 나아갔다.

맞은편에서는 미켈슨이 파란 안광을 빛내며 마치 투우사처럼 달려 나오는 것이 보였다.

새파랗게 살아 있는 투지.

놈은 1라운드에서의 접전을 통해 충분히 이길 수 있다는 자신감을 가진 모양이었다.

중앙을 점유하고 왼손 잽을 날렸다.

창처럼 뻗어 나간 잽은 미켈슨의 안면을 찌른 후 돌아온 후 곧바로 옆구리를 노렸다.

예봉을 꺾기 위함이다.

기가 살면 두려움이 없어지고 그리되는 순간 불타는 용기로 상대를 향해 돌진하는 것이 전사의 본능이다.

1라운드에서는 임팩트 범위를 집중시키지 않았기 때문에 펀치를 맞아도 충격이 덜했을 것이다.

아마, 미켈슨은 자신의 펀치력이 생각보다 약하다고 생각하며 정면 승부를 걸어올 가능성이 컸다.

마치 지금처럼.

미켈슨은 잽에 의해 고개가 들렸다가 옆구리까지 가격당했으면서도 들소처럼 덤벼들며 좌우 훅을 날려왔다.

강력한 훅.

웬만한 펀치는 맞아주었지만 이런 주먹에 걸리면 충격을 받을 수밖에 없기에 강태산은 더킹으로 피하며 미켈슨의 몸을 밀어냈다.

상대의 몸을 밀어내는 것도 고급 기술이다.

공격을 방어하면서 상대의 균형을 무너뜨려 반격의 기회를 마련하는 푸싱은 정확히 구사하지 않으면 오히려 적에게 치명타를 당할 수도 있다.

강태산은 어깨로 미켈슨을 밀어낸 후 탄력을 이용해서 따라 들어가며 로우킥과 하이킥을 연달아 퍼부었다.

로우킥은 정확하게 종아리에 들어갔지만 하이킥은 미켈슨이 급히 고개를 숙였기 때문에 머리를 스쳐 지나갔다.

역시 방어 능력은 수준급이다.

그러나 강태산은 1라운드와 다르게 야금야금 미켈슨을 잡아먹기 시작했다.

그의 전매특허인 레프트 잽이 가동되며 미켈슨의 접근을 원천 차단했던 것이다.

그의 잽은 거리를 확보한 후 가드를 뚫고 정확하게 미켈슨의 안면을 흔들어놨다.

이전과는 완전히 다른 공격에 미켈슨의 눈이 슬쩍 당황으로 물들었다.

공격을 하기 위해 조금만 움찔거려도 강태산의 잽은 정확하게 방향을 잡고 날아왔기 때문에 미켈슨은 타이밍을 잡지 못하고 주춤주춤 밀려나는 수밖에 없었다.

그런 와중에도 미켈슨은 미세한 틈만 생기면 자신의 특기인 스트레이트와 어퍼컷을 수시로 날려왔다.

밀고 밀리는 접전의 연속.

두 선수의 난타전은 후반부로 갈수록 더욱 치열해져 1라운드가 끝나고 잠시 휴식을 취했던 관중들을 거의 기절 직전까지 몰아넣었다.

12,000명의 관중이 한꺼번에 내지르는 함성은 거의 천둥처럼 들릴 정도로 굉장한 것이었다.

강태산의 대시가 시작된 것은 2라운드를 30초 남겼을 때였다.

원투 스트레이트를 양손으로 커팅하고 곧바로 날아온 하이킥을 더킹으로 피한 강태산은 곧장 철망으로 미켈슨을 몰아붙이고 소나기 같은 펀치를 퍼부었다.

상하좌우 가릴 것 없는 무차별적인 타격이 미켈슨의 전신으로 쏟아져 들어갔다.

반격을 위해 미켈슨이 마주 주먹을 냈으나 그것이 오히려 방어선을 깨뜨리며 수많은 충격타를 허용하게 만들었다.

"와아, 와아!!"

관중들의 함성 소리가 끊이지 않고 이어졌다.

당장에라도 경기가 끝날 것 같았으나 미켈슨의 반격이 두세 번 정도 성공하면서 강태산이 뒤로 물러났기 때문이었다.

미국인들은 미켈슨이 반격에 성공하며 강태산을 몰아붙이자 의자에까지 올라가 괴성을 질러댔는데 마치 미친 사람들처럼 보일 지경이었다.

"헉… 헉……"

미켈슨이 숨을 몰아쉬며 코너로 들어오자 코치인 브라운이 급하게 의자에 그를 앉히며 수건으로 얼굴을 닦아주었다.

이미 미켈슨의 얼굴은 눈이 찢어져 핏물이 짙게 새어 나오고 있는 중이었다.

그뿐만이 아니다.

워낙 많은 정타를 허용했기 때문에 그 잘생겼던 얼굴이 엉망진창으로 변해 있었다.

"헤이, 보이. 잘 싸우다가 갑자기 왜 그러는 거야?"

"헉, 헉. 놈의 주먹이 안 보여."

"안 보이다니?"

"1라운드 때와 강도가 달라. 마치 쇠망치에 얻어맞는 기분이야."

"네가 지쳐서 그럴 거다. 체력이 떨어지면 맷집도 약해지는 법이니까. 아마, 저놈도 너와 비슷하게 느끼고 있을 거야."

브라운은 설득력 있는 목소리로 미켈슨을 달랬다.

말은 그렇게 했지만 체력이 떨어진다고 해서 충격이 커진다는 건 말도 안 되는 일이었다.

오히려 라운드가 지속되면 몸의 신경이 외부에서 오는 충격에 익숙해지면서 고통이 덜해지는 법이다.

그런 사실을 알면서도 미켈슨을 달랜 것은 용기를 잃지 않게 만들기 위한 노련함이 작동되었기 때문이었다.

선수의 투지를 불살라주는 것도 유능한 코치의 임무 중 하나였다.

다행히 미켈슨은 그의 말을 듣고 잠시 무너졌던 눈빛을 바로 세우며 잇새로 말을 뱉어냈다.

"어쨌든, 저놈 타격 능력이 대단해서 도저히 잡을 수 없어. 다른 방법을 써야 할 것 같아."

"나도 그렇게 생각했다. 아무리 봐도 저놈은 타격 기술이 너보다 뛰어난 것 같아. 이렇게 해서는 승산이 없으니까 3라운드에는 무조건 깔아뭉개는 전략을 쓰자."

"방법은?"

"저놈 방어 능력이 워낙 뛰어나서 그냥은 안 돼. 저놈을 쓰러뜨리려면 킥이 나오는 순간을 이용하는 수밖에 없어."

"통할까?"

"위험하겠지만 이기고 싶으면 반드시 해야 된다. 대등한 경기를 한 것 같아도 점수로는 네가 지고 있단 말이다. 펀치를 뻗은 횟수는 비슷한데 유효타격수가 적어."

"이런, 젠장."

"어떡하든 그라운드로 끌고 가야 한다. 이번 라운드에서 확실히 끝장을 내지 못하면 진다는 거 명심해!"

1라운드가 끝났을 때 잠시 자리에 앉아 휴식을 취했던 관중들은 2라운드가 끝났음에도 자리에 앉지 못하고 3라운드가 시작되기를 기다리고 있었다.

광적인 열광.

지금까지 펼쳐졌던 UFC의 어떤 경기도 지금 강태산과 미켈슨이 벌이는 치열한 전투와 비견할 수 없었다.

그랬기에 관중들을 두 선수가 다시 옥타곤의 중앙에서 부딪치자 자신들도 모르게 함성을 질러대기 시작했다.

강태산은 옥타곤의 중앙으로 나서면서 얼굴에 흐르는 땀을 슬쩍 닦아냈다.

천변면구가 천고의 신기로 불리는 것은 본래의 얼굴처럼 모든 기능을 한다는 것이었다.

중앙으로 다가오는 미켈슨을 바라보는 강태산의 눈이 차분하게 가라앉았다.

김 관장도 예측을 했지만 그 역시 미켈슨이 그라운드 기술을 펼칠 것으로 생각했다.

놈이 그라운드 기술을 펼치기 위해서는 접근을 해야 하고 가장 좋은 타이밍은 자신이 킥을 할 때였다.

원하는 대로 해줄 수도 있었으나 그렇게 해주지 않을 생각이었다.

이 경기는 마지막까지 사람들이 미쳐 버리도록 치열한 전투로 끝나야 하기 때문이다.

강태산은 정교한 잽을 앞세운 채 끊임없이 전진했다.

마치 스트레이트처럼 터지는 그의 잽은 여지없이 미켈슨의 방어선을 뚫었고 차츰차츰 옥타곤의 철망으로 그를 밀어붙였다.

1, 2라운드처럼 미켈슨은 강력한 양손 스트레이트와 어퍼컷으로 반격을 가해왔으나 3라운드의 양상은 확연하게 달랐다.

강태산의 주먹이 터질 때마다 미켈슨이 충격을 입고 균형을 무너뜨렸기 때문이었다.

균형이 무너진 상태에서의 펀치는 정교함과 타격력이 반감되어 위력이 현저하게 떨어진다.

그랬기에 그의 반격은 강태산에게 위협이 될 수 없었다.

3라운드가 반쯤 지났을 때 미켈슨의 얼굴은 온통 피로 물들어 마치 혈인처럼 보일 지경이었다.

피를 본 강태산은 점점 본색을 드러냈다.

피… 피를 볼 때마다 나타나는 야차의 본능.

코끝을 자극하는 피 냄새가 가슴 깊이 꽁꽁 숨겨놓았던 마귀를 끄집어냈다.

비틀거리며 물러나는 미켈슨을 옥타곤에 몰아놓고 강태산은 큰 주먹을 생략하고 숏펀치를 구사했다.

어퍼컷과 짧은 양 훅. 그리고 빠르게 회전하는 팔꿈치 공격이 미켈슨의 전신을 난타했다.

미켈슨이 무의식적으로 양손을 휘둘렀으나 그의 주먹은 강태산에게 닿지 못했다.

그의 펀치가 나올 때마다 강태산이 뒤로 물러나며 간격을 벌렸기 때문이었다.

지독하고도 잔인하다.

계속 몰아붙였다면 레퍼리가 말릴 수밖에 없었으나 강태산은 미켈슨이 쓰러지기 일보 직전에 물러나 시합을 중지되지 않도록 만들었다.

강태산이 공격을 멈추고 뒤로 천천히 물러나 미켈슨을 중앙으로 끌어들인 것은 경기 시간이 얼마 남지 않았을 때였다.

수많은 대미지를 받았음에도 미켈슨은 본능적인 투지를 발휘하며 강태산을 따라 옥타곤의 중앙까지 따라와 미친 듯이 양 주먹을 휘둘렀다.

그때 강태산의 몸이 거짓말처럼 떠올랐다.

휘리릭.

미켈슨의 양 훅을 피하며 빠르게 후퇴했던 강태산의 몸이 공중으로 떠올라 오른발이 180도 회전하며 미켈슨의 턱을 직격했다.

3라운드가 불과 15초 남은 상황에 발생한 일이었다.

쿵!

고목이 쓰러지듯 미켈슨의 몸이 무너져 내리자 잠시도 앉아 있지 못하고 미친 듯 고함을 지르던 관중들의 함성이 일시에 멈췄다.

믿지 못할 충격에 직면한 사람들은 자신도 모르게 모든 행동을 멈추게 된다.

미친 듯 고함을 지르며 강태산을 응원하던 김현웅과 하정아는 미켈슨이 옥타곤의 중앙에서 정신을 잃고 쓰러지자 다른 모든 관중들처럼 입을 다문 채 움직이지 못했다.

그들 역시 이런 결과가 생길 줄은 꿈에도 생각지 못했기 때문이었다.

이겨달라고 응원했고 이기기를 간절히 원하며 일방적으로 미켈슨을 응원하는 미국 관중들에 맞서 미친 듯이 강태산을 연호했다.

처음에는 팽팽했던 경기는 3라운드로 들어서면서 강태산이 유리한 쪽으로 진행되고 있었다.

그랬기에 그들의 목소리는 더욱 커질 수밖에 없었다.

특히 하정아는 얼마나 소리를 질렀는지 목이 잠길 정도로 강태산의 이름을 부르며 응원을 보냈다.

미켈슨이 쓰러졌으니 강태산의 승리가 분명했다.

그러나 그들은 기뻐하는 것도 잊은 채 멍한 눈으로 옥타곤에서 눈을 떼지 못했다.

워낙 찰나간에 이루어진 일이었지만 그들은 똑똑히 보았다.

마치 독수리처럼 내리꽂혀 상대의 숨통을 끊어버리는 강태산의 마지막 일격을.

"저… 저, 저건 분명 허리케인킥이야!"

김현웅이 몸을 부들부들 떨며 영혼 없는 목소리로 옥타곤을 바라보았다.

그의 눈은 강태산의 몸을 따라 움직이고 있었는데 마치 영혼이 빠져나간 모습이었다.

"오빠, 저 사람이 이겼어. 기쁘지 않아?"

"좋아. 그런데 너무 놀라서 기쁘다는 생각조차 못 하겠어."

"왜?"

"강태산이 마지막에 터뜨린 건 허리케인킥이야."

"그게 뭔데?"

"25년 전 불패의 신화로 링을 떠난 호시칸이 마지막 시합에서 보여주었던 킥이 바로 저것이었어. 그때 모든 언론이 난리가 났지. 비록 나는 동영싱으로 봤지만 엄청난 충격에 사로잡혔었는데 이곳에서 허리케인킥을 보게 될 줄이야……."

"그게 그렇게 대단한 거야?"

"내일이면 아마 격투기계에서는 난리가 날 거야. 허리케인킥으로 경기를 끝낸 것은 강태산이 처음이거든. 호시칸도 마지막 시합에서 관중들에게 보답하는 차원으로 펼쳤을 뿐 상대방을 제압하지는 못했어."

"그럼 저 사람 엄청 뜨겠네."

"당연하지. 오늘의 파이트는 당연히 이 경기가 될 수밖에 없어. 더군다나 허리케인킥으로 경기를 끝냈기 때문에 강태산의 몸값은 엄청 올라갈 거야. 봐, 저 관중들. 그동안 계속해서 미켈슨을 응원했는데 이제는 미친 사람들처럼 강태산을 연호하잖아."

김현웅이 천지를 개벽시키듯 누군가를 부르는 관중들을 가리키자 뒤늦게 그것을 알아차린 하정아가 놀라움으로 몸을 부르르 떨어냈다.

그들의 입에서 나온 것은 다름 아닌 강태산의 이름이었기 때문이었다.

강태산은 미켈슨을 녹아웃시켜 놓고 두 손을 번쩍 든 채 옥타곤을 당당하게 거닐다가 코너 쪽으로 돌아왔다.

뒤늦게 문을 열고 들어선 김 관장과 김만덕이 그런 그를 향해 육탄으로 돌격해 들어왔다.

"만세! 태산아, 잘했다!"

"형, 최고야. 난 정말 기절할 뻔했어. 일단 업히자. 텔레비전에서 보니까 이럴 때는 대부분 목마를 태우더라."

김만덕이 대뜸 고개를 박더니 자신의 목에다 강태산을 태웠다.

타지 않으려 했지만 김만덕은 막무가내였다.

억지로 탔으나 워낙 덩치가 커서 승차감 하나는 끝내줬기 때문에 자신도 모르게 기분이 좋아졌다.

목마를 탄 강태산은 여유 있게 웃음을 지으며 오른팔을 들고 옥타곤 아래로 내려다보이는 관중들을 향해 손을 흔들었다.

관중들은 여전히 강태산의 이름을 연호하고 있었는데 강태산이 손을 번쩍 치켜들자 열렬한 박수로 그의 승리를 축하해 주었다.

한편에서는 링닥터를 비롯해서 미켈슨의 코치진이 전부 들어와 초상집이 되어 있었지만 관중들은 패자에 대해서는 아무런 동정도 보내지 않았다.

옥타곤에서는 오직 승자만이 축하를 받는 법이다.

강태산이 김만덕의 등에서 내려온 것은 레퍼리가 승리를 확인시켜 주기 위해서 그를 불렀기 때문이었다.

정신을 잃었던 미켈슨이 일어나 반대쪽에서 다가온 것도 그때였다.

강태산을 바라보는 미켈슨의 눈빛은 처음과 완전히 변해

있었는데 그는 반대편에서 다가온 후 곧바로 강태산을 끌어안고 승리를 축하해 줬다.

"미스터 강. 대단하다. 마지막에 나를 쓰러뜨린 건 뭐였지?"

"허리케인킥!"

"처음 들어보는 기술이군."

"몸은 괜찮나?"

"괜찮다. 다행히 어디 부러진 데는 없는 것 같아."

"다행이다."

"고맙다. 내 평생 오늘 경기는 잊지 못할 거야. 비록 졌지만 후회 없는 경기였다. 너를 무시했던 것 진심으로 사과한다."

미켈슨의 눈은 진실을 말하고 있었다.

진정한 강자에 대한 예의.

그리고 격투가로서 더없이 멋진 경기를 가졌으니 졌어도 후회하지 않는다는 자부심이 그의 눈에 가득 들어 있었다.

승리에 대한 인터뷰를 위해 화이나 삭스가 다가온 것은 심판이 강태산의 승리를 공식으로 선언하고 난 후였다.

"강태산, UFC 데뷔전을 승리한 걸 축하한다. 소감이 어떤가?"

"멋진 경기를 치러준 미켈슨에게 먼저 고마움을 전한다. 당연히 기쁘고, 옆에서 도와준 김영철 관장과 김만덕 코치에게도 고마움을 표하고 싶다."

"엄청난 경기였다. 꽤 많은 펀치를 맞았는데 어디 다친 데는 없나?"

"없다."

"마지막 허리케인킥은 실전에서 거의 쓰지 않는 기술이다. 평소에 연습을 한 건가?"

"그렇다. 관중들에게 멋진 선물을 주고 싶었다."

"앞으로의 계획은 뭔가?"

"앞으로 세 게임 정도 더 한 후 챔피언인 멕도웰에게 도전하고 싶다. 그가 때가 되면 나를 피하지 않았으면 좋겠다."

강태산이 웃는 얼굴로 대답을 하자 화이나 삭스의 웃고 있던 얼굴이 언뜻 황당함으로 물들었다.

라이트급 현 챔피언인 멕도웰은 현재까지 존재한 어떤 챔피언보다 막강했기 때문이었다.

이번 경기에서 KO승을 거뒀다고는 하나 멕도웰은 이제 갓 데뷔전을 치른 애송이의 입에서 거론될 이름이 절대 아니었다.

하지만 화이나 삭스는 아직까지 강태산을 연호하는 관중들을 바라본 후 금방 웃음을 회복하고 다른 질문을 이어나갔다.

"다음 상대는 생각해 봤는가?"

"나는 상대를 가리지 않는다. 그러나 UFC 쪽에서 강한 상대를 붙여준다면 기쁘게 싸울 것이다."

"대단한 자신감이다. 인터뷰 고맙다."

제프리 조던과 리키 루비오가 라커룸으로 찾아온 것은 강태산이 샤워를 하기 위해 경기복을 벗으려 할 때였다.

그들은 경기 전과 전혀 다른 얼굴을 하고 있었는데 강태산을 바라보는 눈이 죽었다가 살아온 아들을 바라보는 것과 비슷했다.

제프리 조던은 라커룸에 들어오자마자 땀에 젖어 있는 강태산을 끌어안으며 유쾌한 웃음을 터뜨렸다.

"껄껄껄… 태산, 축하해. 정말 멋진 경기였어. 난 자네가 이렇게 할 줄 알고 있었네."

"답답하니까, 비키시오."

웃는 얼굴에 침 뱉지 못한다는 말은 강태산에게 통하지 않았다.

그는 뚱뚱한 체형의 제프리 조던을 단호하게 밀쳐내며 티를 벗어냈는데 그들의 방문을 달가워하지 않는 모습이었다.

그럼에도 제프리 조던은 얼굴색 하나 변하지 않았다.

늙은 여우.

상황에 맞게 처신하는 것이 몸에 밴 그는 강태산의 반응을 보면서도 불쾌한 기색을 보이지 않았다.

"경기하면서 힘들었던 모양이군."

"용건만 말하시오. 샤워를 해야 되니까."

"자네 경기는 오늘의 파이트가 될 가능성이 커. 내가 두둑한 보너스를 줄 생각이네."

"되도록 많이 주면 좋겠소. 당신들이 원하는 그림보다 훨씬 좋은 그림을 주었으니 그렇게 해줘도 손해는 보지 않을 거요."

"무슨 소린가?"

"그건 당신이 더 잘 알 거 아니요."

"음⋯⋯."

새파랗게 쳐다보는 강태산의 시선에 제프리 조던이 자신도 모르게 신음을 흘렸다.

아무리 산전수전 다 겪은 여우라 해도 치부를 얻어맞자 얼굴이 붉어질 수밖에 없었다.

그럼에도 그는 금방 얼굴색을 회복한 후 모르쇠로 일관했다.

"내가 뭘⋯ 뭔가 오해가 있는 모양이군."

"다시 한 번 그런 짓을 한다면 그냥 두지 않을 테니 명심하시오. 나는 뒤통수를 치는 인간을 가장 경멸하는 사람이요."

"무슨 소린지 모르겠지만 마음이 상한 점이 있다면 내가 사과하지. 하지만 결코 나는 자네에게 잘못한 것이 없네."

"그만하고 용건만 말하시오. 땀이 끈적거려서 점점 불쾌해지거든."

"좋아. 간단하게 말하지. 다음 시합 일정을 잡고 싶어서 왔네. 언제 출전할 수 있겠나?"

"내가 분명히 말했을 텐데. 내 시합은 내가 결정한다고. 연락을 줄 테니 기다리시오."

*　　　　*　　　　*

TCN방송국은 뒤늦게 강태산의 경기 비디오를 입수한 후 발칵 뒤집어졌다.

담당 국장인 장만수는 강태산의 경기를 3번이나 돌려 보면서 연신 탄성을 질러댔는데 비디오가 끝날 때마다 자신의 머리를 두들기며 아쉬움을 나타냈다.

UFC 450은 TCN에서 직접 생방송을 했지만 강태산의 경기는 언더카드로 빠져 있었기 때문에 텔레비전을 통해 송출되지 않았던 것이다.

최유진은 국내 격투기 팬들로부터 열렬한 지지를 받고 있는 강태산의 경기를 중계방송해야 된다고 우겼지만 그는 방송 시간과 중계료를 이유로 그녀의 주장을 단칼에 끊어버렸다.

지금 책상에 앉아 최유진이 자신을 노려보고 있는 것도 바로 그런 이유 때문이었다.

"그만 봐라, 내 얼굴 뚫어지겠다."

"그러니까 말 좀 들으라니까요."

"내가 이럴 줄 알았냐고!"

"틀 거죠?"

"틀어야지."

"그 사람들 강태산 경기 송출료로 UFC 450의 중계료와 똑같은 금액을 요구했어요. 너무 억울해요."

"할 수 없다. 그래도 줘야지 어쩌겠냐. 우리가 안 한다면 JYN에 넘긴다고 하더라."

격투기 방송의 쌍두마차인 JYN은 TCN과 번갈아가며 UFC 경기를 중계방송하는 곳이었다.

하지만 빅 이벤트가 걸리면 중계권을 걸고 입찰을 하는데 이번 UFC 450은 TCN 쪽에서 높은 가격을 써냈기 때문에 단독으로 방송을 할 수 있었다.

영원한 숙적.

JYN은 그들에게 영원한 숙적이었기 때문에 강태산의 경기 영상이 그쪽으로 넘어가는 건 필사적으로 막아야 할 처지였다.

그래도 다행인 것은 UFC 쪽에서 이번 경기에 낙찰된 TCN 에게 우선권을 주었다는 것이다.

"국장님, 잘하면 잘리시겠네요."

"아주, 네가 염장을 지르는구나."

"그래도 잘 생각하셨어요. 그 경기가 나가면 대박 터질 테니까 사장님도 반쯤은 용서해 줄지 몰라요. 잘하면 시말서 정도로 끝날 수도 있겠어요."

"유진아……."

"그렇게 부르지 마요. 징그러워요."

"부탁 하나 하자."

"싫은데요."

"야, 인마. 아직 입도 안 열었다."

"그러니까요. 국장님이 그렇게 부를 때마다 항상 제가 곤욕을 치렀잖아요."

"너는 내가 꼭 시말서를 써야겠냐. 내가 시말서 쓰면 너는 좋을 것 같아?"

"이제는 협박으로 넘어가시는군요."

"우리 사이좋게 살자. 인상 쓰고 살면 서로 피곤하잖아."

"알았어요. 뭔데요?"

"저번에 네 활약으로 강태산에 대한 인터뷰를 단독으로 내보낸 거 시청률이 좋았다. 그거 다시 한 번 하자."

"그 사람, 저보고 다시는 찾아오지 말라고 했어요. 그때도 정말 어렵게 인터뷰한 거예요."

최유진이 강하게 고개를 흔들었다.

강태산을 인터뷰하기 위해 고생한 것을 생각하면 지금도 진저리가 쳐질 만큼 아찔했다.

그것은 장만수도 잘 아는 일이었다.

어쩐 일인지 강태산은 전혀 체육관에 나타나지 않았고 주소도 불분명해서 수많은 스포츠 기자들이 찾아 나섰지만 인터뷰를 한 사람은 최유진이 처음이었다.

장만수의 목소리가 더욱 부드러워진 것은 그런 이유가 있기 때문이었다.

"그러니까 내가 부탁하는 거잖아. 지금까지 강태산을 만난 사람이 너밖에 없다. 너 아니면 누가 하겠어."

"정말로 힘들어요. 그리고 그 사람 다시는 만나고 싶지 않아요."

"JYN에서 김숙영이가 뜰 것 같더라. 그래도 안 할래?"

최유진이 우는 표정을 짓자 장만수가 은근한 목소리로 그녀의 등을 긁었다.

김숙영은 JYN에서 전략적으로 키우는 캐스터로 TCN과는 달리 직접 중계방송에까지 참여하는 여자였다.

미국 버클리대학 출신이었고 미모도 출중했기 때문에 시청자들에게 꽤나 인기가 있었는데 격투기에 대한 지식도 풍부해서 직접 미국으로 날아가 유명 선수와의 인터뷰를 전담하는 재원이었다.

장만수가 김숙영을 언급한 것은 최유진의 경쟁심을 끌어내기 위함이 분명했다.

TCN에서도 최유진을 김숙영의 대항마로 키울 예정이었기 때문에 최유진에게는 그녀가 숙적이나 다름없었다.

그랬기에 국장의 말을 들은 최유진은 깊은 한숨을 내리쉬고 말았다.

먹고사는 게 힘들다.

인기를 한 몸에 받던 프로야구 판도 경쟁의 연속이었다.

탤런트를 찜 쪄 먹을 정도로 예쁜 캐스터들이 각 방송국마다 포진해서 그녀를 힘들게 하더니 그동안 편하게 지내던 격투기마저 그녀를 그냥 놔두지 않는다.

"최대한 해볼게요. 하지만 기대는 하지 마세요. 그 사람 정말 힘들거든요."

*　　　　*　　　　*

TCN에서 긴급으로 재방송된 강태산의 경기는 국내의 격투기 마니아를 열광시키기에 충분하고도 남았다.

수많은 시청자들이 재방송을 요구했기 때문에 TCN 측에서는 5번이나 골든타임에 강태산의 경기를 내보냈다.

국내의 5대 스포츠 신문은 언제나 1면을 장식하던 프로야구를 뒤로 밀어내고 강태산의 경기 장면을 전면에 실었는데 전문가들의 관전평과 현지 관중들의 반응들로 가득 채워져 있었다.

강태산의 경기는 UFC 450에서 치러진 타이틀전을 모두 꺾고 오늘의 파이트로 선정되었으며 역대 베스트 명경기의 톱을 차지할지 모른다는 내용도 포함되었다.

그뿐만이 아니었다.

인기 있는 구기 종목만 하이라이트를 내보내던 공중파 방송국의 스포츠 뉴스에서도 방송을 내보낼 정도였으니 강태산이란 이름은 단 한 경기만으로 사람들의 뇌리에 강렬한 인상을 심어놓았다.

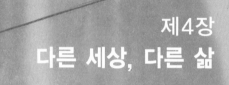

제4장
다른 세상, 다른 삶

특전사령관 이학송은 담배를 빼어 물고 차창 밖을 바라보았다.

지난 두 달 동안 참으로 많은 일이 있었다.

육참총장은 물론이고 대통령 앞에서 작전 경과를 보고해야 했고 수많은 언론들과 인터뷰를 해야 했다.

가장 괴로웠던 일은 죽은 부하들이 편하게 쉴 수 있도록 장례식을 치르는 것과 유족들을 달래주는 것이었다.

조국을 위해 이역만리 사막의 땅에서 죽어간 부하들을 생각하며 그는 많은 고뇌를 느껴야 했다.

온 나라의 국민들과 언론들이 특전사의 활약에 환호를 보내주었지만 그가 느끼는 감정은 오직 슬픔뿐이었다.

한평생 군인으로 살아왔고 앞으로도 그럴 것이다.

군인은 국가를 위해 목숨을 버려야 하는 존재였으니 조국을 위해 죽어간 부하들은 영광스러운 죽음을 맞이했다고 스스로를 위로했다.

그러나 살아남은 그로서는 유족들의 처절한 눈물을 보면서 끝없는 고통을 느낄 수밖에 없었다.

국가를 위하는 일이었으나 위험을 알면서도 병력을 파병한 것은 그의 지시에 의한 것이었으니 그들의 죽음은 자신이 만든 것이나 다름없는 것이었다.

천천히 담배 연기를 뿜어내며 죽은 정시훈 대위를 생각했다.

자신이 여단장 시절에 데리고 있었기 때문에 누구보다 그의 성품과 개인사를 잘 알고 있었다.

짧은 시간이었으나 그가 본 정시훈은 천생 군인으로 살아갈 놈이었다.

강직한 성품과 적을 두려워하지 않는 용기. 부하를 끔찍하게 사랑해서 어린 나이임에도 불구하고 존경과 사랑을 한 몸에 받았으니 경력이 쌓이고 시간이 흐르면 차기 여단장은 물론이고 특전사령관까지 지낼 놈이었다.

그런 놈이 결혼 3년 만에 어린 아들을 님겨놓고 생을 마감하고 말았다. 생각할수록 억장이 무너져 내리는 일이었다.

그놈의 집사람은 장례식장을 찾은 자신을 끌어안은 후 오열을 멈추지 못했다.

그의 결혼식 주례를 봐준 것은 다름 아닌 바로 자신이었다.

그때 그녀에게 부탁했다.

훌륭한 남편을 얻었으니 한평생 오래오래 행복하게 살아달라고.

짧아진 꽁초를 버리고 새로운 담배를 꺼냈다.

5년이나 끊었던 담배를 새로 피우면서 피우는 횟수가 배로는 것 같았다.

정보참모인 유병춘 대령이 급하게 문을 열고 들어온 것은 그가 막 담뱃불을 붙이고 소파에 앉았을 때였다.

"사령관님, 일이 생겼습니다."

"뭔가?"

"시크릿 카드가 뚫렸습니다."

"그게 무슨 소리냐. 시크릿 카드가 왜!"

"어제 새벽에 해킹을 당했습니다. 특임대 애들의 정보가 전부 흘러 나간 것 같습니다."

"음⋯⋯."

유대령의 보고를 받은 사령관은 깊은 신음을 흘렸다.

특임대의 신상 정보는 일급 기밀에 속하는 것이었는데 그것이 털렸다는 말이었다.

특전사에서 707특임대의 신상 정보를 일급 기밀로 관리하는 것은 그들의 임무가 그만큼 중요하기 때문이었다.

그들에게는 수많은 적들이 있었다.

당장 북한의 타깃이 될 수도 있었고 IS는 물론이고 대한민국의 적들에게 그들은 우선 제거 대상이었다.

그랬기에 사령관의 표정은 금방 심각하게 변했다.

"어떤 놈들 짓이냐?"

"지금으로서는 섣불리 판단하기 어렵습니다. 너무 복잡한 경로를 통해 들어왔기 때문에 추적하기에는 많은 시간이 걸릴 것 같습니다."

"자네 판단은?"

"북한이거나 IS가 우선적으로 떠오르지만 그들은 아무래도 아닌 것 같습니다. 다른 존재가 있는 것으로 판단됩니다."

"다른 존재 누구?"

"중국이나 일본, 그리고 미국도 대상이 됩니다."

"이유는?"

"우리와 첨예하게 엮여 있는 것이 바로 그들입니다. 중국과 일본은 이번 일에 꽤 많은 충격을 받은 것으로 알려져 있습니다. 불가능한 작전을 성공으로 이끈 특전사의 정체를 무척 궁금해했을 겁니다."

"미국은 우리의 우방이다. 그들은 왜?"

"은밀하게 떠도는 소문 때문입니다."

"어떤 소문?"

"미국에서 이번 일을 사주했다는 겁니다."

"IS의 테러를 말이냐?"

"그것까지는 정확하지 않지만 정치인들을 움직인 흔적이 여러 곳에서 나왔습니다. 더군다나 미국의 무기업자들이 들어왔던 것이 확인되었습니다."

"씨발놈들."

"전면전이 벌어지면 미국이 호황을 맞이할 찬스였습니다. 그들 역시 자신들의 밥그릇을 뺏어 간 존재가 누군지 무척 궁금했을 겁니다."

"우리 애들은?"

"영내에 대기 중에 있습니다."

"당분간 움직이지 말라고 해. 그리고 자네는 최대한 빠른 시간 내에 누구 짓인지 알아내."

"알겠습니다."

"이번일로 우리 애들이 다친다면 상대가 누구든 반드시 그냥 두지 않을 테다."

그 시각.

사무실에 마주한 윌리엄스와 리차드의 표정은 심각하게 변해 있었다.

그들 앞에는 해킹으로 빼낸 707특임대의 자력표가 빽빽이 놓여 있었는데 그사이 철저한 조사를 끝낸 보고서가 어지럽게 널려 있는 상태였다.

"제1특지대가 아니란 말이냐?"

"그렇습니다. 저희가 조사한 바로는 제1특지대의 최경모 대위를 비롯해서 모든 대원들이 한국을 떠나지 않은 것으로 나타났습니다."

"터키로 떠난 놈들은 전부 위장 여권을 가지고 있었다. 혹시 누락된 놈은 없어?"

"그래서 더 철저하게 조사했습니다. 최경모 대위는 영내에서 움직이지 않았고 제1특지대 중 3명은 외출까지 했기 때문에 행적이 그대로 노출되었습니다. 한국 측에서 IS의 지도부를 사살한 장본인으로 노출시킨 놈들은 한 명도 없었습니다."

"전부 체크했나?"

"707 요원들의 행적은 전부 조사했지만 아무것도 나오지 않았습니다."

"예상대로군."

윌리엄스가 분석 보고서를 던지며 쓴웃음을 지었다.

역시 707이 아니다.

그렇다면 다른 놈들이 움직였다는 것인데 도대체 감이 잡히지 않았다.

"리차드, 네 생각에는 그놈들이 누구라고 생각하나?"

"한국의 특수부대들은 모두 우리 손바닥 안에 놓여 있습니다. 특전사가 아니라면 UDT나 해병 특수수색대 등 다른 놈들이 움직였을 테니 나머지도 샅샅이 훑어보겠습니다."

"그건 범위가 너무 커. 그리고 한국 측에서도 지금쯤 시크릿 카드가 털린 걸 알고 있을 거다. 놈들의 IT 능력은 우리에 비해 수준이 절대 떨어지지 않는다. 똑같은 일을 반복하게 되면 우리가 움직인 것이 알려질 수도 있어. 그건 너무 위험한 방법이야."

"그렇다면?"

"특수전 사령관이 이학송이지?"

"그렇습니다."

"티아스와 알카리엔에서 싸운 놈들은 분명 특전사 소속 707이 맞다. 그렇다면 특수전을 이끄는 이학송은 뭔가를 알고 있지 않겠어?"

"무슨 말씀인지 알겠습니다."

"그놈과 연계된 놈한테 지시를 내려. 꼼짝 못 하게 엮어보란 말이야."

"그자라면 접근이 가능합니다. 시도해 보겠습니다."

"충분히 먹여. 섣불리 하지 말란 뜻이다."

"거부하지 못하도록 준비하겠습니다."

∗   ∗   ∗

특전사 이학송 사령관은 퇴근 전 한 통의 전화를 받았다.

전화를 해온 사람은 고등학교 2년 선배이자 여당의 실세인 3선 의원 전현무였다.

그와는 같은 동네에서 커온 사이였고 진급 때마다 도움을 줬기 때문에 이학송에게는 은인 같은 존재이기도 했다.

"아이고, 형님. 전화를 다 주시고 무슨 일이십니까?"

―오랜만에 전화했는데 무슨 전화를 그렇게 받아. 반갑다는 말부터 나와야 되는 거 아니야?

"그거야 당연하지요."

―퇴근 전이지?

"예, 지금 막 퇴근하려던 참입니다."

―그럼 나와. 한잔하자.

"지금 말입니까?"

―그래. 얼굴 본 지 오래되었으니 보고 싶구만그래. 자네하고 술 마신 지도 오래되었잖아. 혹시 선약 있는 건 아니지?

"오늘 집사람하고 밥 먹기로 했지만 취소하겠습니다. 형님이 술 한잔하자는데 당연히 가야지요."

―오케이, 그럼 7시에 우리가 가던 경복궁에서 보자고.

"알겠습니다."

이학송은 전화를 끊고 시계를 바라보았다.

경복궁은 강남에 있는 고급 한정식집이었기 때문에 서둘러 가야지 간신히 시간에 맞출 수 있을 것 같았다.

예상대로 서둘렀지만 약속 시간에 10분 늦고 말았다.

러시아워 시간대의 서울 시내는 교통지옥을 연상시킬 만큼 차들로 가득 차서 어쩔 수가 없었다.

서둘러 경복궁으로 들어서자 한복을 예쁘게 차려입은 중년 여인이 그를 맞아들였다.

단아한 미모를 자랑하는 그녀는 경복궁의 지배인인 양수경이었다.

"이 사령관님, 오랜만이세요. 의원님께서 기다리고 계십니다."

"오신 지 오래되었습니까?"

"한 20분 정도 됐어요."

"커다란 실례를 했군요. 어디에 계십니까?"

"이쪽으로 오세요. 매실이에요."

"고맙습니다."

양수경을 따라가자 미로처럼 엮인 복도를 지나 가장 끝 방으로 안내했다.

그녀는 고개를 살며시 숙여 인사를 하고 사라졌는데 그렇게 정숙할 수가 없었다.

문을 열고 들어서자 얼굴에 개기름이 번지르하게 흐르는 전현무가 자리에서 일어나며 반갑게 맞아들였다.

"어서 와, 이 사령관."

"늦어서, 죄송합니다. 워낙 차가 막혀서요."

"서울 시내 교통지옥은 유명하잖아. 늦을 줄 알았어."

"여전히 건강해 보이시는군요."

"자, 앉지. 내가 먼저 음식을 시켜놓았네. 시장할 테니까 먼저 먹자고."

"그러시죠."

그의 말대로 상에는 정말 상다리가 부러질 만큼의 음식들이 차려져 있었다.

오는 시간을 맞춰서 미리 준비해 놓은 모양이었다.

음식을 먹으면서 두 사람은 옛날이야기를 하며 술을 마셨다.

워낙 오랫동안 같은 삶은 공유한 사람들이었기에 추억은 끝이 없을 정도로 이어졌다.

전현무가 잠시 말을 끊은 것은 30도가 넘는 화요주를 3병이나 마신 후였다.

"자네 큰딸이 두 달 후에 결혼한다면서?"

"아직 청첩장도 돌리지 않았는데 어떻게 아셨습니까?"

"이 사람아, 내가 누군가. 자네 일이라면 나만큼 잘 아는 사람이 누가 있겠어."

"허허… 몸 둘 바를 모르겠군요."

"신랑이 무역 회사 다닌다며?"

"예, 건실한 청년입니다."

"그런데 내가 알아보니까 집안이 무척 가난하더군. 소정이

가 힘들겠어."

"시작은 어렵겠지만 둘이 같이 벌 테니 곧 괜찮아질 겁니다."

"요즘은 안 그래. 둘이 벌어도 먹고살기 힘들단 말이지. 더군다나 전세금조차 없다면 살아가기 힘든 세상이야."

"그 친구에 대해서 잘 아시는군요."

"내가 조금 알아봤네. 자네 형편도 넉넉지 못한데 정말 걱정되더군."

은근한 눈으로 전현무가 바라보자 이학송의 눈이 가늘게 오무려졌다.

사실이긴 했다.

요즘 그의 부인은 딸아이가 사글세에 살게 된 것을 걱정하며 잠을 제대로 이루지 못하고 있었다.

사령관이란 직책을 가지고 있었으나 사기업처럼 많은 월급을 받는 건 아니었다.

그저 먹고사느라 정신이 없을 정도로 군인의 월급은 쥐꼬리만 했기 때문에 살아오는 동안 모아놓은 돈도 별로 없었다.

전현무는 자신에 대해서 누구보다 잘 아는 사람이었으니 걱정이 되었을지도 모른다.

그럼에도 전현무의 관심은 도를 넘고 있었다.

갑작스러운 호출이 이상하다고 여겼는데 점점 이상한 쪽으로 대화가 흘렀기 때문에 예감이 좋지 않았다.

전현무가 식탁 밑에서 뭔가를 꺼낸 것은 이학송이 대답을 하지 않고 묵묵히 술잔을 기울일 때였다.

"이거 받게."

"뭡니까?"

"내가 자네와의 우정을 생각해서 준비한 거네. 그걸로 소영이 전세나 얻어줘."

"형님!"

"그냥 받아. 내 성의니까."

전현무가 비단천으로 싼 상자를 내밀자 술잔을 내려놓은 이학송이 허리를 곧게 세웠다.

그런 후 전현무를 바라보며 묵직한 음성을 꺼내놓았다.

전현무가 내놓은 상자는 거의 사과 상자만 했기 때문에 현찰이 들어 있다면 족히 3억은 될 것이다.

"바라시는 게 뭡니까?"

"한 가지만 알려주게."

"말씀하시죠."

"이번에 IS의 지도부를 사살한 게 누군가?"

"그것은 언론에 이미 알려져 있을 텐데요."

"그런 말장난 말고… 난 사실을 알고 싶네. 자네는 특전사령관이니까 진실을 알고 있을 게 아닌가?"

"누구의 지십니까?"

"무슨 말인가?"

전현무가 이학송의 질문을 받고 얼굴을 일그러뜨렸다.

하지만 이학송의 시선은 그를 무섭게 노려보고 있었다.

"누구의 개가 되었느냔 말입니다!"

"이봐, 말조심해!"

"형님은 이 나라의 국회의원입니다. 국가와 민족을 위해 충성을 다 바쳐야 되는 종복이 바로 형님입니다. 그런데 그런 국가와 민족을 배신하고 누구의 개가 되었느냔 말입니다!"

"말 함부로 하지 마라. 죽는 수가 있다."

"내가 죽는 것은 아무것도 아닙니다. 하지만 정말 아쉽군요. 형님 같은 분이 누군가의 개가 될 수밖에 없는 이 좆같은 상황이 정말 더럽습니다."

"그저 그놈들 정체만 말해주면 된다. 간단한 일에 불과하단 말이다. 학송아, 왜 이러냐. 우리 쉽게 좀 살자."

"형님은 돈 때문에 명예를 버린 모양이지만 난 그렇게 못합니다."

"학송아. 정말 말해줄 수 없겠냐?"

"가서 그자들에게 똑똑히 전하세요. IS의 지도부를 사살한 것은 대한민국의 군인이었고… 대한민국을 계속해서 엿 먹인다면 IS를 때려잡은 것처럼 똑같이 해주겠다고 말입니다."

*　　　　*　　　　*

강태산은 시합이 끝난 후 UFC 측의 극진한 대접을 받았다.

처음에 들어왔을 때는 소 닭 보는 것처럼 하던 자들이 그의 경기가 '투데이 파이트'로 선정되고 관중들이 절대 잊지 못할 만큼의 명경기로 회자되자 태도를 백팔십도 바꾸었던 것이다.

이틀 동안 편안하게 쉬면서 체력을 회복한 후 3일 동안 그들이 주최한 파티에 참여했고 라스베이거스를 관광하며 즐거운 시간을 보냈다.

김만덕이 호들갑을 떨면서 전화를 받은 것은 관광을 끝내고 호텔로 들어가는 길이었다.

"아이고, 최 기자님, 어쩐 일이세요?"

―강태산 선수 시합 봤어요. 정말 멋진 시합이었어요.

"우리 형 시합은 언더카드였는데 그게 방송되었다고요?"

―그럼요. 지금 우리나라는 난리가 아니에요. 너무 멋진 시합이었기 때문에 스포츠 뉴스에까지 나왔어요.

"정말입니까?"

―그럼요. 내일 들어오죠?

"그건 또 어떻게 아셨어요?"

―그 정도 아는 건 일도 아니죠.

"대단하네요."

―들어오시면 저한테 전화 한 통 주실 수 있어요?

"전화는 왜요?"

―인터뷰하고 싶어서요.

"그건 좀……."

―밥 살게요. 강태산 선수하고 인터뷰할 수 있게 김 코치님이 자리를 만들어주세요.

"우리 형이 인터뷰를 극도로 싫어해서 가능할지 모르겠네요. 하지만, 제가 노력해 볼게요."

―고마워요.

김만덕은 뒤에 처져서 전화를 끊은 후 부리나케 먼저 걸어가는 강태산과 김 관장 쪽으로 뛰어왔다.

그런 김만덕을 향해 김 관장이 불쑥 입을 열었다.

"어떤 놈이 너한테 국제전화를 해와?"

"최유진 기자요."

"그 여자가 너한테 무슨 볼일이 있다고 전화를 해? 혹시 태산이 때문이냐?"

"예. 이번 시합이 국내에서 대단한 뉴스가 되었대요. 사람들이 난리도 아닌가 봐요."

"그래서?"

"단독 인터뷰를 하고 싶다네요."

"저번에 했는데 또?"

김 관장이 슬쩍 강태산의 눈치를 보면서 물었다.

반응이 궁금했던 모양이었다.

TCN에서 관심을 갖는다는 건 무척이나 고무적인 일이었다.

강태산은 아직 스타가 아니었다.

이제 겨우 UFC에 데뷔한 신인이었기 때문에 이름을 알리기 위해서는 언론의 도움이 절대적으로 필요한 실정이었다.

물론 한 번의 인터뷰를 했지만 그것으로 만족할 수는 없었다.

최유진이 성희롱을 당했다며 눈물을 흘렸을 때 얼마나 당황했는지 모른다.

신중한 성격을 지닌 강태산이 왜 그런 짓을 했는지 모르겠지만 다른 사람도 아니고 기자를 성희롱했다는 것은 자칫 선수 생명이 단칼에 잘릴 만큼 심각한 일이었다.

다행스럽게 인터뷰에 응하는 것으로 잘 해결되었으니 망정이지 잘못되었으면 끔찍한 일이 생길 수도 있었다.

그건 김만덕도 잘 아는 사실이었기에 말을 하는 그의 표정도 밝지 않았다.

"형, 어쩌지?"

"난 그 여자한테 분명히 말했다. 다시는 찾아오지 말라고."

"그럼 인터뷰 안 할 거야?"

"안 한다."

"눈치를 보니까 공항에 꽤 많은 기자들이 나올 것 같던데 어쩌려고?"

"네가 그걸 어떻게 알아?"

"최유진 기자가 도착하면 전화를 달라고 하더라. 다른 기자들 몰래 혼자 만나고 싶어 하는 눈치였어."

"덩치는 큰 놈이 머리 돌아가는 건 여우같네."

"형, 기자들을 피하면 안 돼. 스타가 되기 위해서는 반드시 필요하다고."

"스타는 만들어지는 게 아니야. 때가 되면 자연스럽게 되는 것이지."

"그래도 형은 언론을 피하면 안 돼. 언론을 피하면 나쁜 인상을 줄 수 있어."

"피할 생각은 없다. 하지만 지금은 아니야."

*　　　　*　　　　*

최유진은 공항에 나오면서 한숨을 지었다.

국장의 협박에 의해서 어쩔 수 없이 공항에 나왔지만 강태산은 여간 껄끄러운 존재가 아닐 수 없었다.

처음 보자마자 섹스하자고 아무렇지 않게 말하는 강태산은 그가 가장 싫어하는 족속이었다.

그녀에게는 남들이 알지 못하는 극심한 콤플렉스가 있었다.

고등학교 시절부터 그녀는 남학생들의 우상이었다.

워낙 예쁜 얼굴이었고 공부도 잘했기 때문에 그녀가 지나갈 때마다 남학생들은 환호성을 지를 정도로 인기가 있었다.

그런 그녀가 강간을 당할 뻔한 것은 바로 졸업식을 하던 날
이었다.

친구들과 졸업식을 마치고 들뜬 기분에 놀다가 늦게 집으
로 돌아갈 때 학교에서 온갖 나쁜 짓을 일삼던 일진 놈들이
그녀를 노렸던 것이다.

납치를 당해서 공원 후미진 곳으로 끌려갔다.

놈들은 그녀를 강간하기 위해 옷을 찢었고 격렬하게 반항
을 하자 사정없이 때렸다.

온몸은 엉망이 되었고 정신은 충격으로 인해 까만 어둠 속
을 헤맬 수밖에 없었다.

옷이 전부 벗겨진 채 일을 당하려는 순간 공원을 순찰하던
경찰이 나타난 것은 하늘이 도왔기 때문일 것이다.

그때부터 그녀는 섹스를 원하는 남자를 극도로 혐오했다.

대학 시절부터 지금까지 사귄 남자가 세 명이나 있었지만
그들이 섹스를 원할 때마다 가차 없이 헤어짐을 선택했다.

남자들은 똑같았다.

그들은 진정한 사랑으로 그녀를 기다려 주지 않았다.

자신을 처음 만나던 날 대뜸 같이 자자고 이야기를 한 강태
산에게 좋지 않은 감정을 가진 것 또한 그런 배경이 있기 때
문이었다.

남자에게 섹스가 사랑의 표현일지 몰라도 그녀에게는 고통
이었고 두려움이었다.

'휴우⋯⋯.'

차를 파킹시키고 카메라맨과 함께 공항 대합실로 올라갔
다.

시간을 잘 맞춰서 강태산이 입국하기까지는 삼십 분이 남
았을 뿐이었다.

입국장으로 다가가자 눈에 익은 기자들이 여럿 보였다.

그들은 모두 스포츠 기자들이었는데 강태산을 기다리는 것
이 분명했다.

반대쪽에서 JYN의 김숙영이 다가온 것은 카메라의 자리를
세팅하고 질문할 것을 읽어볼 때였다.

"유진아, 여긴 어쩐 일이야? 너 프로야구 쪽으로 다시 돌아
가는 거 아니었어?"

밝은 분홍색 원피스.

날씬한 몸매에 단아한 미소를 짓고 있는 그녀는 원피스와
어울려 주변을 환하게 밝혀주고 있었다.

같은 나이.

김숙영은 이쪽 일에 종사하다 보니 종종 마주쳤는데 나이
가 같아 말을 놓는 사이로 발전했다.

하지만 친한 사이는 절대 아니었다.

소속된 회사가 경쟁 관계였을 뿐만 아니라 그녀들 스스로
도 상대에 대해서 경쟁심을 가지고 있었기 때문이었다.

김숙영의 지금 질문도 최유진을 엿 먹이기 위한 것이 분명

했다.

사주의 아들에게 물세례를 퍼부어 격투기계로 쫓겨난 걸 뻔히 알면서도 김숙영은 만날 때마다 프로야구 이야기를 꺼내 최유진의 속을 뒤집어놨다.

"시비 걸지 마라. 나 바쁘다."

"시비는 무슨. 그런 소문이 들려서 물어본 거야."

"너한테만 들리는 소문이 있는 모양이구나."

최유진이 가소롭다는 듯 김숙영을 바라봤다.

자신보다 잘나가는 존재.

예전에는 그녀가 훨씬 잘나갔지만 지금은 김숙영이 그녀보다 훨씬 높은 클래스에 있었다.

그녀는 생방송에 출연해서 직접 캐스팅까지 할 정도로 JYN에서는 보배 같은 존재였으나 아직까지 자신은 그저 선수들의 인터뷰나 따러 다니는 리포터에 불과했다.

김숙영이 그녀를 이렇게 마음껏 요리할 수 있는 존재로 상대하는 것은 그녀의 위치가 자신보다 낮기 때문일 것이다.

"저번 강태산 선수 인터뷰 잘 봤어. 대단해, 강태산 선수 인터뷰하는 게 무척 어렵다고 하던데 어떻게 단독 인터뷰를 할 수 있었니?"

"운이 좋았을 뿐이야."

"그 운 나한테도 좀 나뉘주라?"

"오늘 예쁘네."

"어머, 네가 웬일이야. 내가 예쁘다는 소릴 다하고."

"애인하고는 아직 사이가 좋냐?"

"그럼, 당근이지."

최유진이 물은 것은 그녀가 수시로 남자를 갈아 치운다는 걸 알기 때문이었다.

저번에 만났을 때 그녀는 새로 사귄 치과 의사가 자신을 무척이나 사랑한다며 자랑질을 했었다.

그랬기에 그녀는 피식 웃음을 흘리며 그녀를 빤히 쳐다봤다.

"강태산 선수하고 인터뷰하는 방법 가르쳐 줄까?"

"정말, 어떤 건데?"

"강태산하고 인터뷰를 하려면 먼저 네 애인하고 헤어져야 된다. 그럴 수 있겠어?"

"무슨 소리야?"

"그 남자랑 자야 하거든. 너라면 충분히 할 수 있을 테니까 잘해봐."

"웃겨! 그럼 너도 잤단 말이니?"

"난 더 어려운 방법을 썼다. 네가 절대 하지 못하는. 그러니까 넌 쉬운 방법을 써. 그게 너한테는 가장 효과적일 테니까."

*   *   *

강태산은 비행기 트랩에서 내린 후 입국 장소로 걸어갔다.

김만덕은 그가 기자들을 만나지 않겠다는 선언을 하자 입맛을 다셨지만 더 이상 귀찮게 하지 않았다.

나름 속셈이 있었기 때문이었다.

어차피 입국장에는 기자들이 있을 것이고 그가 나가는 순간 수많은 카메라 세례가 퍼부어질 것이다.

강태산이 기자를 피한다는 것은 쉬운 일이 아니다.

기자들은 스타가 만나지 않겠다고 해서 피할 수 있는 존재들이 아니었기에 강태산이 어쩔 수 없이 응대를 할 것이라 생각했다.

한 가지 아쉬운 것은 최유진에게 밥을 얻어먹지 못한다는 것이었다.

그녀의 아름다운 얼굴을 보면서 밥을 먹는다는 것은 무척이나 즐거운 일이지만 강태산의 행동으로 봤을 때 그런 행운은 없을 것 같았다.

강태산이 김 관장을 바라보며 불쑥 입을 연 것은 입국 심사장이 얼마 남지 않았을 때였다.

"관장님, 저 먼저 가겠습니다."

"먼저 가다니. 어딜?"

"일이 있어서요."

"그래도 대합실까지 같이 가야 되잖아. 짐도 찾아야 하고."

"짐은 나중에 가져가겠습니다."

"…알았다."

고개를 끄덕였지만 김 관장은 의문을 풀지 못한 모습이었다.

대합실을 나서서 다른 차편을 이용한다면 이해가 되겠지만 입국 절차도 밟지 않고 사라진다는 건 이상한 일이었기 때문이었다.

그럼에도 그는 강태산이 먼저 부지런히 걸어가는 걸 말리지 않았다.

어차피 강태산은 바람 같은 놈이었다.

어느 날 문득 왔다가 오늘처럼 말없이 사라졌다가 시합 때가 되면 어슬렁거리고 나타난다.

그런 것이 벌써 5년이 넘었기 때문에 몇 번 잔소리를 해보다가 이제는 깨끗하게 포기를 해버렸다.

강태산은 입국 절차를 끝내자마자 세 번째 얼굴로 바꾸고 입국장을 나섰다.

김만덕이 예상했던 것처럼 꽤 많은 기자들이 사람들 틈에 섞여 있는 것이 보였다.

거기에는 최유진의 모습도 포함되어 있었다.

옆을 스쳐 지났어도 그녀는 자신을 알아보지 못하고 길게 고개를 빼 든 채 입국장을 바라만 봤다.

향기로운 냄새.

잠시 동안 그녀의 뒤편에 멈춰 서서 뒷모습을 바라보았다.

그녀는 처음 봤을 때와는 또 다른 분위기를 풍기며 조용히 서서 자신을 기다리고 있었다.

잠시 동안 그녀를 바라보다 걸음을 돌린 강태산은 빠른 걸음으로 대합실을 나선 후 차를 끌고 신촌으로 향했다.

신촌에는 언제나 자신을 반겨주는 권 여사와 동생들이 있었기에 승용차를 운전하는 그의 바뀐 얼굴에서 따뜻한 웃음이 피어났다.

전화를 받은 권 여사는 그를 위해 준비해야 할 반찬부터 걱정했다.

그가 출장에서 돌아올 때마다 그녀는 마치 군대를 갔다 오는 아들처럼 온 정성을 기울여 저녁을 준비하곤 했다.

집에 도착했을 때는 오후 5시가 조금 넘은 시간이었다.

집에는 아무도 없었다.

권 여사는 전화를 받자마자 반찬거리를 사러 나갔을 것이고 동생들은 아직 돌아올 시간이 되지 않았다.

그랬기에 그는 샤워를 한 후 자신의 방으로 들어가 잠을 잤다.

단잠.

그랬다. 아무런 생각 없이 10년이 넘도록 자신의 거처가 되었던 방에서 그는 오랜 여행으로 지친 몸을 누이고 달콤한 잠에 빠져들었다.

그러나 단잠은 길지 않았다.

머리맡에 둔 핸드폰에서 특유의 알림음이 울렸기 때문이었다.

눈을 떠보니 시간은 저녁 7시가 넘고 있었다.

'청룡비상3'.

문자를 받은 강태산의 고개가 좌에서 우로 꺾였다.

언제나처럼 그는 문자를 확인하고 곧장 지웠다.

정말 급한 일이라면 곧바로 비상2가 뜨기 때문에 아직까지는 시간이 있다는 뜻이다.

문이 벌컥 열리며 은정이 얼굴을 내민 것은 그가 문자를 확인하고 침대에서 일어나 막 바지를 입을 때였다.

"오빠야, 왔나. 반갑다."

"이놈아, 내가 노크하라고 그랬잖아. 넌 어떻게 된 여자애가 남자 방을 그렇게 불쑥불쑥 열어!"

"반가워서 그렇지. 뭘 그렇게 가리냐. 볼 것도 없구만."

급하게 바지춤을 올리는 강태산을 향해 은정이 예쁜 웃음을 지었다.

그녀는 막 퇴근하는 중이었던지 검은색 정장을 입고 있었는데 성숙한 티가 팍팍 흘렀다.

"이제 곧 시집가야 할 놈이 별소릴 다하네. 그런데 너 예쁘다. 언제 그렇게 예뻐졌대?"

"나 원래부터 예뻤거든요. 오빠가 몰라봐서 그렇죠."

오늘 권 여사가 준비한 저녁은 닭백숙이었다.

워낙 손이 많이 가는 음식이었기 때문에 아주 가끔 하던 것이었는데 오늘따라 권 여사는 작정을 했던지 닭을 세 마리나 준비했다.

고소하고도 달콤한 냄새.

어느덧 보글거리며 끓고 있는 커다란 냄비에서 위장을 자극하는 냄새가 끊임없이 흘러나오고 있었다.

식탁에 앉아 준비한 그릇에 백숙을 담고 있는 권 여사를 바라보는 강태산의 눈은 맛있게 먹겠다는 집념으로 가득 차 있었다.

"눈 빠지겠다. 우리 엄마가 언제부터 그렇게 예뻤냐?"

"크크크, 이모는 항상 우아하고 예쁘시잖아."

"맛있는 거 해줄 때만 그렇지!"

"아냐, 넌 딸이라서 이모가 얼마나 여성스럽고 매력 있는지 몰라서 그래."

"헐, 백숙 먹겠다고 사정없이 아부를 하시는군요."

뒤늦게 들어온 은영이 강태산을 향해 입을 사정없이 삐죽였다.

그녀는 오랜만에 돌아온 오빠를 무척 반가워했다가 시간이 지나자 어느새 본색을 드러내기 시작했다.

"은영아, 우리 만난 지 30분밖에 지나지 않았다. 난 아까 네가 여우처럼 반가워하던 자세가 훨씬 마음에 들어."

"내가 원래 백 년 묵은 여우라서 상황에 따라 수시로 바뀌는 여자야. 그리고 난 오빠를 괴롭히는 게 취미니까 건드리지 마."

"너 그거 아주 고약한 취미다. 자꾸 그러다가 습관이 돼서 나중에 네 신랑한테도 그러면 어쩌려고 그래?"

"그럴 수 있는 신랑 만나면 좋겠다."

"왜?"

"행복할 테니까."

"넌 나 괴롭히면 행복하니?"

"응."

강태산이 질문을 하자 은영이 배시시 웃으며 대답을 했다.

그러자 옆에 있던 은정과 현수가 어이없다는 표정을 숨기지 못했다.

은정이 대뜸 물은 것은 동생의 마음이 너무나 궁금했기 때문일 것이다.

"넌 왜 오빠 같은 사람이 좋아?"

"착하잖아."

"네 남자친구도 오빠처럼 착해?"

"아니, 걔는 안 착해."

"그런데 왜 사귀는 거냐?"

"결혼하고 연애는 다른 거니까. 오빠 같은 사람은 결혼 상대자로는 최고지만 연애 상대로는 빵 점이야."

"와, 얘가 정말 대단히 이성적이시네."

은영의 대답에 은정이 입맛을 다시며 고개를 흔들었다.

그동안 동생을 잘 안다고 생각했는데 은영의 대답은 그녀의 생각을 훨씬 뛰어넘고 있었기 때문이었다.

하긴 생각해 보면 맞는 말이다.

강태산의 지금 모습은 오랫동안 살아보지 않은 여자에게는 매력적이라고 볼 수 없었다.

잘생긴 얼굴을 가진 것도 아니고 여자들에게 어필할 수 있는 센스나 유머 감각이 그리 뛰어난 편도 아니다.

더군다나 배경조차 좋지 않았고 직업도 일류 기업에 다니는 것이 아니었으니 여자들이 매력을 가질 수 있는 건 아무것도 없었다.

여자들이 괜찮은 데이트 상대로 꼽는 조건을 강태산은 하나도 가지지 않았다는 뜻이다.

그럼에도 동생이 강태산을 결혼 상대자로 최고의 점수를 주는 것은 언제나 한결같은 그의 마음과 믿음 때문임이 분명했다.

그릇에 백숙을 담고 있던 권 여사가 불쑥 입을 연 것은 강태산을 생각하는 그녀의 마음을 그대로 보여주는 것이었다.

"은영이 말이 맞아. 남자는 마음이 최고야. 난 태산이 같은 사위라면 두 손 번쩍 들고 환영이다. 그러니까 너희들 나중에

태산이 같은 사람 데려와라."

"엄마. 오빠처럼 가난한 사람하고 결혼하면 평생 고생할 텐데 그래도 괜찮아?"

"그러니까 돈 많고 태산이처럼 성격 좋은 사람 데려오라고."

"우와, 엄마 욕심 최고."

"호호, 밥 먹자."

권 여사의 음식 솜씨는 언제나 최고였다.

그녀가 준비한 백숙은 강태산이 잠을 잘 때부터 오래 끓였던지 푹 삶긴 살은 더없이 연했고 뱃속에 들어 있는 찹쌀은 쫀득해서 감칠맛이 흘렀다.

강태산은 집에 돌아오면 말이 많았다.

동생들과 대화를 하면 즐거웠고 권 여사는 말도 안 되는 이야기까지 푸근한 미소로 들어주었다.

그러나 지금의 강태산은 아무런 말 없이 오직 먹는 것에 온 신경을 집중하고 있었다.

옆에서 은정이 투덜거린 건 식사를 하면서 즐겁게 이야기하고 싶은 마음을 그대로 드러낸 것이다.

"말 좀 하면서 먹지!"

"우웅… 너무 맛있어."

"꼭 며칠 굶은 사람 같네."

"미국에서 매일같이 빵하고 스테이크로 때웠더니 백숙이

꿀맛이야. 난 느끼한 거 싫어해서 이틀은 컵라면으로 때웠다."

"으이그… 김치라도 싸 가지 그랬어."

"그런 건 예쁜 동생들이 알아서 챙겨줘야 되는 거잖아."

"이 사람이 이젠 우릴 사정없이 나쁜 동생들로 만드시네요."

"히힛."

"웃음소리 징그러워. 그렇게 웃지 말라고 몇 번이나 말해."

"이 웃음소리 귀엽지 않냐?"

"징그럽다."

강태산이 숟가락을 얼굴에 대고 말을 하자 은정이 질색을
했다.

이럴 때 보면 강태산은 마치 어린애 같다.

그런 모습을 재미있게 지켜보던 현수가 깔깔 웃으며 중간에
서 끼어들었다.

"그런데 형. 미국 어디를 갔다 온 거야?"

"라스베이거스."

"그 도박의 도시?"

"그래, 막상 가보니까 엄청 화려하더라."

"우와… 거기서 강태산 선수가 시합을 했는데. 형 그거 알
고 있었어?"

"당연하지."

"거짓말."

"정말이야. 직접 가서 시합도 봤는걸."

"우리 형이 점점 거짓말이 느시네. 믿을 걸 말해야 믿지. 형아, 우리 이러지 말자."

"정말이다. 내가 너 주려고 강태산 선수 사인도 모자에 받아 왔어."

"그… 거짓말 정말이야?!"

"이놈이 나를 진짜 거짓말쟁이로 만드네."

"어디 있는데?"

"방에. 밥 먹고 가져다줄게."

"그러지 말고 지금 줘. 어디 있어. 내가 가지고 올 테니까."

"내 책상 가보면 그 위에 있다."

강태산의 말이 끝나자마자 현수는 100m 선수처럼 방으로 뛰어갔다.

그런 후 헐레벌떡 돌아오더니 모자를 흔들면서 만세를 불렀다.

"형, 이거 정말 강태산 선수 사인 맞는 거지?"

"그래."

"흐흐… 미치겠네. 내일 가서 친구 놈들에게 자랑해야지. 아마 놀라서 기절할 거야."

"강태산이 그렇게 인기가 좋아?"

"그걸 말이라고 해? 지금 강태산 선수 인기는 완전 짱이야."

"공부는 안 하고 이것들이 격투기만 보는 모양이네."

"그런데 형, 어떻게 UFC 시합을 봤어? 그거 입장료가 무척

비싸다고 하던데?"

"우리 부장님이 티켓을 구했더라. 그래서 같이 보게 된 거야."

"형네 부장님도 격투기 팬인가 보다."

"응. 우리 부장님도 격투기 하면 껌뻑 넘어간다."

"직접 보니까 어땠어. 강태산 선수 대단했지?"

"대단하기는 뭘. 내가 봤을 때는 별거 아니던데."

"형, 정말 본 거 맞아? 어떻게 직접 봤으면서 그런 말을 할 수 있어!"

"왜?"

"강태산 선수가 이번에 치른 경기는 UFC에서도 톱에 오르내릴 만큼 대단한 경기였는데 그런 소릴 하니까 그렇지."

"그러냐. 내가 봤을 때는 신나게 치고받던데. 그게 그렇게 멋진 경기였어?"

"아이고."

"나야 뭐. 우리 부장님이 가자고 해서 봤을 뿐이다. 격투기에 대해서는 문외한이라서 잘한 건지 잘 모르겠더라."

"그럼 왜 사인은 받아 왔어!"

"그거야 네가 워낙 강태산 선수 팬이라고 해서 받아 온 거지."

"순순히 해줘?"

"사람은 착하더만, 사인해 달라고 하니까 활짝 웃으면서 해

주기에 내가 특별히 고맙다는 말까지 했다."

"좋았겠다. 나도 그 형 꼭 보고 싶은데……."

현수가 눈을 오므리며 상상의 나래를 펼쳤다.

마치 자신이 강태산을 직접 만난 것처럼 현수는 모자를 꼭 끌어안은 채 한동안 움직이지 않았다.

옆에서 은영이 나선 것은 현수의 어이없는 행동을 본 후였다.

"오빠야, 그 사람 화면처럼 그렇게 잘생겼어?"

"잘생겼더라. 나보다 조금 못하지만."

"이씨… 꼭 맞을 짓을 해."

"뭘, 그럼 너는 내가 못생겼단 말이냐. 이래 보여도 내가 밖에 나가면 꽤 인기가 있는 몸이야."

"아이고."

"키키키……."

"웃음소리 좀 바꾸라니까!"

"그러지 마라. 이것도 매력이다."

"그나저나 선본 사람하고는 통화했어?"

"아직. 오늘 들어왔는데 언제 통화를 해."

"도대체 어쩔 셈이야. 그 여자 기다리다 지쳐서 아줌마를 통해 엄마한테 전화까지 왔었어."

"그래? 언제 왔어요?"

"일주일 되었다. 넌 도대체 남자가 왜 그러니. 마음에 들었으면 전화라도 해줘야지!"

강태산이 묻자 그때서야 생각난 듯 권 여사가 도끼눈을 부릅떴다.

오랫동안 연락이 없었기 때문에 친구분한테 잔소리를 들었던 모양이었다.

그랬기에 강태산은 계면쩍게 웃으며 변명을 했다.

"워낙 일이 바빴어요. 그리고 미국에서 돌아오면 전화한다고 했으니까 그 여자분도 이해해 줄 거예요."

"쯧쯧… 저렇게 여자 마음을 몰라서 어쩌누."

마음이 너무 아프다.

언제부턴가 오빠가 출장을 갈 때마다 다시는 돌아오지 않을 것 같아 불안했다.

그리고 어느 날 불쑥 집으로 돌아오는 날이면 마음이 설레었고 그립던 얼굴을 보는 순간 자신도 모르게 그를 안아주고 싶어 두 주먹을 꽉 쥐며 참아야 했다.

대학에 다니면서 두 명의 남자를 사귀었지만 얼마 못 가서 헤어질 수밖에 없었다.

언제나 그녀의 눈은 그들을 강태산과 비교하고 있었다.

더 잘생긴 남자들이었다. 그리고 배경도 훨씬 뛰어났고 그녀를 너무나 사랑한 사람들이었다.

그럼에도 마음이 열리지 않았다.

그녀의 가슴속에 조금씩 싹트고 있는 감정이 어느샌가 다른 남자를 거부하게 만들었기 때문이었다.

처음에는 아니라고 생각했다.

자신의 이상형이 아니라며 고개를 저었고 그래서 더 허물없이 그를 대했다.

그렇게 하면 자신을 괴롭히는 이 감정이 날아갈 수 있을지도 모르기 때문이었다.

하지만, 한번 찾아온 사랑은 점점 커져만 갔고 가슴속에 커다란 응어리로 자리 잡은 채 그녀를 괴롭혔다.

그는 자신의 친혈육 같은 사람이었다.

때론 어리광도 부리고 때로는 불같이 화를 내기도 했지만 그는 자신을 여동생으로만 생각하며 언제나 푸근한 미소를 지었다.

언제부터였을까.

아무리 생각해도 이러한 감정이 시작된 게 언제인지 알 수가 없다.

아마, 하나씩 차곡차곡 천천히 쌓여갔기에 자신조차 알지 못하는 게 분명했다.

오빠는 집에 있을 때면 언제나 그녀들을 기다려 주었다.

여자들은 밤길이 위험하다며 9시가 넘어서 귀가할 때면 언제나 버스 정류장까지 마중을 나왔다.

그와 함께 거닐던 빗속의 거리.

지금 생각해도 너무나 가슴 떨리고 아련한 순간들이었다.

아무렇지 않은 듯 팔짱을 끼고 걸었지만 가슴은 무섭게 뛰었다.

아무리 숨기려 해도 사랑은 어느 순간 불쑥불쑥 행동으로 튀어나오곤 했다.

오빠가 선을 보러 나간다고 했을 때 호들갑을 떨면서 등을 떠밀었다.

인터넷을 뒤져 선볼 때의 에티켓을 가르쳐 준 것은 만나자마자 퇴짜를 맞고 들어올지도 모를 강태산이 불쌍해서였지 잘되라는 마음에서 비롯된 것은 절대 아니었다.

선을 보고 들어온 후 같이 점심을 먹었다는 말에 가슴이 쿵 하고 무너져 내렸다.

여자가 같이 밥을 먹는다는 건 남자가 마음에 들었다는 것을 의미하는 것이었다.

너무 놀라 정신이 없었다.

설마 하는 상황이 발생하자 그날 그녀는 자신의 방으로 돌아가 펑펑 울고 말았다.

바보같이.

자신의 마음을 전하지도 못하고 사랑하는 사람이 다른 여자를 만나는 걸 방치하고 말았으니 후회로 온밤을 하얗게 샐 수밖에 없었다.

서은정은 이제 강태산이 머릿결을 쓰다듬던 고등학생이 아니었다.

어엿한 사회인이 되어 우리나라에서 가장 잘나간다는 디자인 회사에 다닌다.

스물다섯.

그녀는 이미 충분히 사랑할 수 있는 나이였다.

천천히 낙서장에 사랑이란 글씨를 썼다.

이대로 그냥 시간을 보낸다면 그녀의 사랑은 어느 날 불쑥 스쳐 지나가는 바람처럼 사라져 버릴지 모른다.

더 이상 바보처럼 시간을 허비하며 지낼 수는 없다고 생각했다.

때늦은 후회로 눈물을 흘리기보다는 사랑한다는 말을 하는 것이 훨씬 마음 편하다는 게 그녀의 결심이었다.

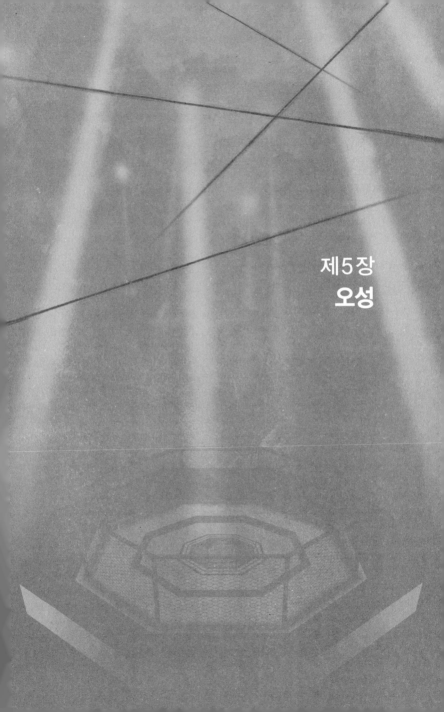

제5장
오성

이틀 후 강태산은 편한 캐주얼 차림으로 거리를 나섰다.

민다영은 그의 전화를 기다리고 있었던 모양이었다.

전화를 하자마자 반가움을 숨기지 못하는 음성이 낯설었다.

이상하다.

청룡의 강태산이나 격투기 선수로서의 강태산은 충분히 여자들에게 어필할 수 있는 얼굴이었으나 현재의 모습은 전혀 그렇지 않았다.

가진 배경이 없다는 걸 알고 있을 테니 자신에게 호감을 느끼는 그녀가 이해가 되지 않았다.

도대체 그녀는 자신의 어떤 모습 때문에 전화를 기다리고 있었던 걸까?

선을 보러 나간 것은 권 여사의 권유를 거부하지 못했고 은정의 마음 때문이었지 결혼할 생각이 있었기 때문은 아니었다.

그녀와 함께 점심을 먹은 것도 마찬가지였다.

처음 본 그녀는 유쾌한 모습으로 그를 대했기에 마지막까지 최선을 다하려 했을 뿐이다.

자신의 가슴은 사랑을 원하지 않았다.

수많은 사람의 죽음 속에서 갈갈이 찢어진 가슴은 사랑이란 감정을 버린 지 오래였다.

그녀에게 한 달이란 시간 동안 전화를 걸지 않았던 것도 그런 이유 때문이었다.

한 달이란 시간은 처음 본 사람들에게는 무척이나 긴 시간이었다.

바쁘다는 핑계.

그렇다. 여자를 만나지 않는 이유로 그것만큼 좋은 것은 없었다.

동생들이 말했고 권 여사가 불안해한 것도 그들이 여자의 감정을 너무나 잘 알기 때문일 것이다.

'청룡비상3'의 예령이 울렸지만 전화는 다음 단계에서 온다. 상황이 급박하게 변하지 않는 한 시간이 있다는 뜻이다.

그랬기에 그는 권 여사의 협박에 못 이겨 전화를 했다.

하지만 그것 역시 핑계다.

어느 때부턴가 느껴지는 은정이의 시선을 막고 싶었다. 동생은 자신을 오빠가 아니라 남자로 느끼는 게 분명했다.

치열한 삶을 살아오는 동안 사람의 마음을 읽어내는 능력은 무서울 정도로 날카로워져 은정의 감정을 알아내는 건 어려운 일이 아니었다.

10년이 넘는 하숙을 하면서 은정은 자신의 친동생처럼 사랑한 여자였다.

여자를 사랑하는 마음은 넝마처럼 찢어졌고 사람을 대하는 가슴은 더없이 차가워졌으나 오랜 세월 살아오면서 그녀를 대하는 자신의 감정은 더없이 따뜻해져 있었다.

그런 그녀를 불행하게 만들 수는 없다.

그랬기에 은정이 보는 앞에서 민다영에게 전화를 걸었다.

사랑스럽고 예쁜 동생의 마음을 지우기 위해서는 민다영을 만나는 것이 가장 좋은 방법이었다.

참으로 지랄 맞은 일이지만 어쩔 수가 없다.

동생은 훌륭한 집안에서 태어나 좋은 교육을 받고 평범하게 살 수 있는 남자를 만나야 한다.

자신처럼 말도 안 되는 직업을 가진 남자. 언제 죽을지 모르는 상황에서 하루하루를 살아가야 하는 남자는 그녀에게 절대 어울리지 않는다.

　　　　　*　　　　*　　　　*

　오늘은 민다영의 학교와 멀지 않은 이탈리안 레스토랑에서 만나기로 했기 때문에 집에서 한 시간 전에 나왔다.

　'피렌체'.

　후후, 이름이 어울린다.

　아마, 이곳 레스토랑의 주인은 아무런 망설임도 없이 이 이름을 선택했을 것이다.

　문을 열고 들어서자 깨끗한 실내 장식이 눈에 띄었다.

　창가에 자리를 잡고 시계를 보자 6시가 조금 넘고 있었다.

　그녀와의 약속 시간은 6시 반이었기 때문에 아직도 20분가량 여유가 있었다.

　창밖을 바라보다가 습관처럼 휴대폰을 꺼내 문자메시지를 확인한 후 뉴스를 검색했다.

　정치와 경제에 이어 스포츠로 눈이 갔다.

　시합한 지 불과 10일이 지났을 뿐인데도 그의 이름은 찾아볼 수 없었다.

　피식 웃음이 나왔다.

　불과 한 게임밖에 치르지 않은 격투기 선수의 이름이 아직까지 인터넷에 있을 리 만무했다.

　물론 그는 그와 관계된 기사는 전부 봤다.

수많은 언론에서 UFC에서 충격적인 데뷔전을 치른 그의 경기를 보도했다.

하지만 그뿐이었다.

세상은 무서운 속도로 돌아가고 어제 있었던 일도 하루만 지나면 깨끗하게 잊힌다.

뉴스를 검색하던 손이 멈춰진 것은 멀리서 문이 열리는 소리가 들렸기 때문이었다.

이 지랄 맞은 감각.

단지 문이 열리는 소리만 들었는데도 그녀가 왔다는 것을 알아차렸다.

처음과 똑같이 자리에서 일어나 그녀를 맞아들였다.

검은색 정장 투피스.

그 안에는 하얀 블라우스가 눈부시게 자리를 하고 있었다.

처음 봤을 때도 예쁘다고 생각했지만 정장을 차려입자 또 다른 아름다움이 올올이 새어 나왔다.

그녀는 오늘 자신을 만나기 위해 꽤나 신경을 쓴 것 같았다.

"다영 씨, 오랜만입니다."

"목소리는 여전하시네요."

"무슨 말씀이신지……."

"여전히 매력적이에요. 중저음의 목소리는 여자를 편안하게 만들거든요."

"칭찬이죠?"

"그럼요."

"학교에서 오시는 길입니까?"

"아뇨, 초등학교는 4시면 끝나요. 집에 들렀다가 오는 길이에요."

"아, 그렇군요."

처음 알았다.

회사는 모두 6시에 퇴근하는 줄 알았더니 학교는 다른 모양이었다.

고개를 끄덕인 후 그녀를 바라보았다.

그녀는 대답을 하고 강태산을 빤히 바라보는 중이었기에 두 사람의 시선이 마주쳤다.

하지만 그녀는 강태산의 시선을 피하지 않은 채 허리를 곧게 펴고 지그시 그를 바라보고 있었다.

"배고프시죠. 우리 식사를 할까요?"

"그래요."

"뭐 드시겠습니까?"

식사를 하는 동안 그들은 많은 말을 하지 않았다.

그녀의 표정에서 하고 싶은 말들이 있다는 것을 알았지만 강태산은 기회를 주지 않고 그저 식사를 하기만 했다.

강태산의 입이 열린 것은 식사가 모두 끝나고 커피가 나왔을 때였다.

"제 전화가 너무 늦었죠?"

"많이 기다렸어요. 일이 바쁘다는 소릴 들었지만 이렇게까지 오래 기다리게 할 줄은 몰랐어요."

"미안합니다."

"한 가지 물어봐도 되나요?"

"말씀하세요."

"혹시 제가 마음에 들지 않아서 전화를 하지 않은 건가요?"

이 이야기를 하고 싶었던 것이 분명했다.

들어오면서부터 자신을 쳐다보는 그녀의 눈빛은 수많은 갈등과 고민에 사로잡혀 있었다.

속으로 한숨이 나왔지만 강태산의 표정은 변하지 않았다.

"아닙니다. 너무 바빠서 미처 전화할 새가 없었습니다. 죄송합니다."

"…그렇다면 정말 다행이에요."

"저도 한 가지 물어도 되겠습니까?"

"뭐죠?"

"처음 만났을 때와 같은 질문을 하고 싶습니다. 아시겠지만 저는 잘생긴 얼굴도 아니고 가진 것도 별로 없습니다. 다영 씨에게 많이 부족한 사람이죠. 그런 저에게 호감을 느끼시는 이유가 정말 궁금합니다."

"사람은… 영혼의 짝이 있다고 믿어왔어요. 살아오면서 태산 씨보다 잘생긴 사람은 많이 봐왔지만 마음이 가는 사람은 없었어요. 태산 씨는… 제게 편안함을 주었고 왠지 모르게 믿음이 가는 사람이에요. 그래서 꼭 다시 만나고 싶었어요."

그녀는 말을 하면서 강태산의 시선을 피하지 않았다.

지랄 같은 직감이 또다시 작동되었다.

그녀의 눈에서 흘러나오는 감정이… 자신도 모르게 가슴으로 들어왔다.

진심을 말하고 있다는 뜻이다.

그랬기에 강태산은 다음 말을 이어나갔다.

"제가 여행사에 다닌다고 아시죠?"

"네."

"저에게는 여행사 말고도 다른 직업이 두 개 더 있습니다. 그러다 보니 어떤 때는 한동안 다영 씨를 만나기 어려울 만큼 바쁩니다."

"그게 무슨… 말씀이시죠?"

"제 상황을 설명드리는 겁니다. 어쩌면 제가 다영 씨를 힘들게 만들 수도 있어요. 그래도 괜찮겠습니까?"

"일 때문에 바빠서 그런 거라면 이해할 수 있어요."

"그렇다면 우리 사귑시다."

국장의 전화기 온 것은 강태산이 '청룡비상2'의 메시지를 확인한 후 30분이 흘렀을 때였다.

지금 당장 들어오라는 지시다.

민다영은 그의 제의를 흔쾌히 받아들였기 때문에 주저 없이 토요일에 영화를 보자는 약속을 했는데 하필 전화가 온 것은 그날이었다.

하지만, 약속은 취소하지 않았다.

당장 출동이 필요한지의 여부는 국장을 만나고 난 후에 결정되기 때문이었다.

"어서 와."

"잘 계셨습니까?"

강태산은 국장실에 들어서며 정중하게 인사를 했다.

세 달간의 휴가 아닌 휴가.

오랜만에 만났지만 국장의 표정과 옷차림은 변함이 없었다.

국장은 자리에 편하게 앉아 강태산을 맞아들였는데 얼굴에는 가벼운 초조감이 담겨 있었다.

"잘 지냈냐?"

"본론부터 말하시는 게 국장님 건강에 좋을 것 같습니다. 지금 빨리 말하고 싶어서 안절부절못하고 계시잖습니까."

"이 귀신아. 너 독심술 익혔냐. 도대체 어찌 그리 사람 속을 잘 알아!"

"독심술이 아니라 눈칩니다."

"네가 청룡 대장 된 지가 3년이나 지났다. 그동안 내 권한을 다 뺏어 가더니 작전 나간다고 안 와. 갔다 오면 쉬어야 한다고 전화 한 통 삐죽 던지고 사라져. 그래놓고 거의 3개월 만에 나타나서 눈치가 늘어 그렇다고?"

"남자들끼리 자주 만나서 뭐합니까. 서로 사랑할 사이도 아닌데요."

"그놈 참, 말하는 싸가지하고는!"

"6시에 데이트가 있습니다. 바쁘니까 빨리 말씀하시죠. 뭡니까?"

국장이 주먹을 들었어도 강태산은 눈 하나 깜짝하지 않았다. 그랬기에 국장은 한참을 어이없게 바라보다가 한숨을 내리쉬었다.

"일단 앉아. 그렇게 서 있으면 내가 고개가 아프잖아."

"그러죠, 저는 커피 마실랍니다."

"나보고 타라고?"

"머리는 국장님이 쓰시고 행동은 제가 하잖습니까. 저번에 사막에 가서 죽을 뻔한 거 벌써 잊으신 모양입니다."

"이놈아, 상관을 시켜먹는 놈이 어디 있어!"

"그래도 타주세요. 이럴 때 아니면 언제 얻어먹습니까."

"어이구, 저런 놈을 데리고 일하는 내가 불쌍하다… 불쌍해."

최 국장은 슬며시 엉덩이를 치켜 올리며 강태산을 째려봤다.

그러면서도 한쪽에 놓여 있는 책상으로 향했다.

거기에는 일회용 커피와 정수기가 놓여 있었는데 그는 빠른 속도로 움직여 커피를 타서 가지고 왔다.

"먹어라, 인마."

"감사히 마시겠습니다."

"저번에는 정말 고생했다."

"언제는 우리가 고생하지 않았습니까. 새삼스럽게 그런 말씀을 하세요. 얼굴 뜨거워지게."

강태산이 뻔뻔한 얼굴로 대답을 하자 최 국장의 얼굴에서 실소가 흘렀다.

하지만 그는 곧 표정을 굳히며 무겁게 입을 열었다.

"특전사령관에게 사람이 붙었다."

"무슨 말씀입니까?"

"며칠 전 전현무가 특전사령관을 만났어. 전현무는 친미계에 소속된 놈이다. 둘이 친한 사이지만 아무래도 수상해."

"CIA가 움직였다고 생각하시는 거군요."

"그럴 가능성이 크다."

"우리의 정체가 궁금했겠지요."

"너는 도대체 머릿속에 뭐가 들어 있는 거냐. 말하지도 않았는데 그걸 어떻게 아는거야?"

"뻔한 것 아닙니까. 그자들은 대한민국을 손바닥 안에 올려놓고 조종한다고 생각하는 놈들인데 정체불명의 세력이 움직였으니 궁금했을 테지요. 더군다나 다 된 밥에 코를 풀었으니 무척 억울했을 겁니다."

"내가 졌다."

"저를 부른 건 그놈의 개들을 치기 위한 겁니까?"

"그럴 리가 있겠냐. 그 새끼들의 하수인은 우리나라 전반에 깔려 있어. 국회의원만 해도 반 이상이 친미, 친일, 친중주의 자들이다. 정부의 고위 관리들은 말할 것도 없고."

"그래서요?"

"아직은 아니야. 그놈들은 결정적인 순간에 하나씩 때려잡을 것이다."

"결정적인 순간이란 없습니다. 그런 매국노들을 처리하는 건 빠르면 빠를수록 좋지요. 늦출 이유가 하나도 없습니다."

"국가의 운영은 그리 간단한 게 아니다. 대통령님께서도 심각하게 생각하고 계시니까 때가 되면 지시가 내려올 거야. 그때까지 우린 참고 기다린다."

"좋습니다. 그게 아니라면 비상이 뜬 이유는 뭡니까?"

"오성 알지?"

"오성 모르는 놈이 어디 있습니까?"

"오성에서 사고가 터졌다."

오성은 대한민국뿐만 아니라 세계를 석권하고 있는 글로벌 기업이었다.

특히 반도체와 스마트폰, 각종 전자 기술에서 독보적인 기술력을 지녀 세계에서도 톱을 달리는 대한민국의 자랑이었다.

청룡은 국가의 위기 사태에 투입되는 최후의 세력.

그런 청룡을 부른 것은 오성전자에 뭔가 커다란 일이 생겼다는 것을 의미하는 것이었다.

대한민국을 위기에 몰아넣을 만큼 커다란 사건이 말이다.

그럼에도 강태산의 얼굴에 의아함이 서렸다.

오성은 기업이다.

기업의 일에 무력 단체인 청룡이 나선다는 것은 쉽게 이해할 수 없는 일이었다.

"기업 일에 우리가 나선 적은 지금까지 한 번도 없었는데 오성이란 이름이 나오다니 궁금하군요. 도대체 어떤 겁니까?"

"오성에서 비밀리에 개발한 IX—500이 털렸다."

"무슨 암호 같습니다. 거기다 숫자까지 붙은 걸 보니 꽤나 비밀스럽게 보이는군요."

"그렇다. IX—500은 오성에서 개발한 반도체 신기술이다……."

국장의 설명은 짧으면서도 강렬했다.

IX—500은 인텔이 14나노(㎚ : 10억분의 1)로 선두를 달리고 있는 반도체 메모리 능력을 획기적으로 개선해서 8나노까지 끌어 올린 오성전자의 핵심 신기술이었다.

돈의 가치로 따진다면 수십조를 상회할 정도였고 대한민국의 국가 경쟁력과 고용 창출 등을 감안한다면 그 가치는 상상조차 할 수 없는 것인데 이것이 빠져나갔다는 것이었다.

강태산의 얼굴이 이야기를 들으면서 점점 일그러졌다.

산업스파이의 짓임이 분명했기 때문이었다.

꽤나 어려운 일이 생겼다고 생각했는데 기껏 산업스파이 잡는 일이라 생각하자 국장의 무거운 표정이 우습게 여겨졌다.

"저보고 산업스파이 잡아 오란 말입니까?"

"그렇게 간단한 일이 아니야. 국가의 존망이 달린 일이라고 말했잖아."

"아무리 그래도 그렇지. 그런 일로 청룡이 움직인단 말입니까."

"최대한 빨리 처리해 달라고 의장님이 직접 지시를 내리셨다."

"그래도 그렇지 이건 아닌 것 같은데요. 국장님은 청룡을 무슨 흥신소로 아시는 모양입니다."

"인마, 정말 중요한 일이라니까!"

"좋습니다. 국장님이 그렇게까지 말씀하시니 제가 처리하지요. 범인은요?"

"최성환, 오성전자의 신기술 개발 책임잔데 귀신처럼 사라져서 도무지 찾을 방법이 없다. 우리는 놈이 국내에서 이미 빠져나간 것으로 추정하고 있어."

"청룡은 사람은 잘 죽여도 찾는 건 못하는 놈들만 있습니다."

"정보팀에서 찾아낸 단서가 있다. 그러니까 거기부터 시작해 봐."

"단서라… 그게 뭐죠?"

"통화 내역을 추적해서 10일 전 그놈이 유태천과 연락했다는 것을 알아냈다."

"유태천?"

"강남파의 보스다!"

강남파라면 강태산도 알고 있는 조직이었다.

대한민국 5대 패밀리 중의 하나로 조직원의 숫자만 오백 명이 넘는다고 들었다.

"그 새끼들이 기업 일에 끼어들었단 말입니까?"

"아무래도 그런 것 같아."

"조폭이 별일을 다 하는군요."

"최성환은 그놈들이 어디론가 빼돌렸을 가능성이 크다. 그러니 거기부터 조져."

"알겠습니다."

강태산은 국정원에서 빠져나와 곧장 전화를 걸었다.

그가 통화를 한 것은 '청룡'의 대원 중 하나인 최태양이었다.

나이는 28살로 차지연보다 한 살이 많았지만 대원 중에서는 유태호와 함께 막내 축에 속했다.

그러나 상황에 대한 판단력이 뛰어났고 강단도 있어서 적들에게는 조금의 동정심도 보이지 않는 독종이었다.

따리링…….

통화음이 세 번 울리면서 수화기 넘어 최태양의 음성이 들려왔다.

─대장님, 잘 지내셨습니까?

"그래, 그동안 푹 쉬었냐?"

─오랜만에 때 빼고 광내는 중입니다.

"일 좀 해야겠다."

─그렇지 않아도 비령을 보고 기다리는 중이었습니다. 말씀하십시오.

"내일 강남파 보스 유태천을 잡아야겠다. 그놈 소재 파악해 놔."

─조폭을 우리가 잡는단 말입니까. 그런 건 강력계 형사가 하는 일이잖아요.

"자세한 건 내일 말해줄 테니까 빨리 움직여. 중요한 일이니까 농땡이 부리지 말고."

─혼자 하란 건 아니죠?

"태호하고 연락해서 같이 움직이도록."

─알겠습니다. 일 처리하고 보고드리겠습니다.

"오케이."

강태산은 전화를 끊고 자동차에 올라탄 후 시동을 걸었다.

국장은 중요하다며 최대한 빨리 움직이라고 했지만 그럴 생각은 전혀 없었다.

어차피 신기술을 빼돌린 놈의 행적이 묘연하다면 데이트까지 취소하면서 서둘러 봤자 때는 늦었을 것이다.

국장의 판단대로 놈은 해외 어디론가 도주를 했을 것이고 이미 정보는 넘어갔을 가능성이 컸다.

$*$ $*$ $*$

강태산은 명동에 있는 영화관에서 민다영을 만났다.

그녀는 주말이라 그런지 아주 편한 복장을 하고 나왔는데 또 다른 매력이 있었다.

선생님답지 않게 청바지에 면 티를 받쳐 입었는데 그렇게 입자 청순함마저 보였다.

"예쁜데요."

"태산 씨도 그런 소리를 할 줄 아세요?"

"다영 씨가 워낙 예쁘니까요. 저는 사실만 말하는 사람입니다."

"킥!"

강태산의 말에 민다영이 입을 가리고 밝게 웃었다.

호감이 가는 남자에게 예쁘다는 소릴 듣고 싫어할 여자가 어디 있겠는가.

"영화 러닝타임이 1시간 반이더군요. 밥은 영화 끝나고 먹는 게 어떻습니까?"

"좋아요."

"팝콘하고 콜라?"

"그건 살찌는데."

"날씬한 사람이 그런 말을 하면 남들이 화가 날 겁니다. 영화 하면 팝콘이죠. 즐거운 게 먼저니까 일단 사 올게요."

"그러세요."

강태산이 팝콘과 콜라를 사 오자 살찐다고 엄살을 부렸던 민다영은 언제 그런 소리를 했냐는 듯 맛있게 먹었다.

아직 영화를 시작하려면 15분이나 남았기 때문에 두 사람은 홀의 중앙에 준비되어 있는 의자에 앉아 도란도란 이야기를 나누었다.

"태산 씨, 이따가 밥 먹고 우리 명동거리를 걸어요."

"늦을 텐데 괜찮겠어요?"

"첫 데이트잖아요. 영화 보고 밥만 먹은 채 헤어지기는 싫어요."

"그렇게 하죠. 오늘만큼은 다영 씨가 원하는 거 다 들어드리겠습니다."

"무슨 뜻이죠?"

"사실은 일이 생겨서 당분간 못 만날 것 같습니다. 그래서 드리는 말씀입니다."

"그렇군요. 그럼 오늘 태산 씨를 열심히 봐둬야겠네요."

"미안합니다."

"이쪽으로 와요. 우리 사진 찍어요."

"사진을요?"

"당분간 만나기 어려울 거라면서요. 그러니까 보고 싶을 때 사진으로라도 때워야죠."

"아… 네."

민다영은 강태산을 자신 쪽으로 오게 만든 후 핸드폰을 꺼내서 사진을 찍었다.

한 장이 아니다.

앉아서도 찍었고 일어나서도 찍었다.

포즈도 다양하게 해서 찍었는데 그녀는 포즈를 바꿀 때마다 즐거움에 젖은 웃음을 연신 흘려냈다.

느낌이 다르다.

그동안 강태산은 수많은 여자들과 잠자리를 같이했다.

여자들의 속성을 너무나 잘 알기에 잠자리를 같이했음에도 날이 밝으면 미련 없이 자리를 떴고 그녀들이 자신을 알려고 하는 순간 더 이상 만나지 않았다.

사람이란 정으로 엮이면 미련이 남는 법이니까.

무림에서 돌아온 후에도 그런 생활은 변함이 없었다.

로드 FC의 라운드걸 강민경과 세 번의 섹스를 하고 나서 가차 없이 연락을 끊은 것은 그런 이유가 있었기 때문이었다.

하지만 민다영은 시간을 같이할수록 자꾸 이상한 감정을 갖게 만들었다.

처음부터 목적이 달랐기 때문인지도 모른다.

지금까지 만난 여자들은 오직 섹스가 목적이었기 때문에 가급적 자신에 관한 것을 이야기한 적도 없고 여자에 대한 것을 물은 적도 없다.

＊　　　　＊　　　　＊

"저기냐?"

"예."

최태양이 알려준 곳을 바라보며 강태산이 어이없다는 표정을 지었다.

마치 궁궐 같은 집이었기 때문이었다.

조폭 두목이 사는 게 꼭 재벌가의 회장처럼 산다.

"안에는 몇 명이나 있어?"

"서른 명 정도 있는 것 같습니다."

"씨발놈이 지가 무슨 황제야, 뭐야. 호위하는 놈들이 왜 이리 많아?"

"강남파는 5대 패밀리 중 하납니다. 노리는 놈들이 그만큼 많다는 뜻이죠."

"차단했지?"

"아무도 오지 않을 겁니다. 정보팀에서 손을 써놨다고 했습니다."

"좋아, 그럼 들어가자."

강태산이 명령을 내리자 최태양과 유태호가 천천히 차에서 내렸다.

서른에 달하는 조폭들이 포진하고 있다는 것을 알면서도 그들은 어디 놀러 가는 사람들처럼 보였다.

강태산은 그들이 집 안으로 진입하는 것을 보면서도 여유 있게 담배를 꺼내 물었다.

어차피 그가 나설 일은 없다.

대원들이 집 안을 장악하게 되면 그때 들어가서 유태천을 족치면 되기 때문이었다.

최태양은 그대로 발을 들어 철제 대문을 걷어찼다.

워낙 견고했기 때문에 불도저로 밀어야 열릴 것 같던 대문이 그의 발차기 한 방에 통째로 날아갔다.

문이 열리자 보초를 서고 있던 조폭들이 놀란 눈으로 들어서는 최태양과 유태호를 향해 시선을 던져왔다.

이런 식으로 침입자가 들어오리라고는 꿈에도 생각지 못한 얼굴이었다.

"뭐야, 이 새끼들아!"

조폭 중 한 놈이 대뜸 욕설을 퍼부으며 최태양에게 다가왔다.

정원에서 있던 놈들이 문짝이 떨어져 나가자 비상벨을 울렸던지 건물 여기저기서 사내들이 쏟아져 나오고 있었다.

그걸 보는 최태양과 유태호의 얼굴에서 웃음이 번져 나왔다.

3개월에 가까운 휴가 동안 제대로 몸을 움직이지 않았기 때문에 그들은 일이 시작되자 즐거운 모양이었다.

"뭐긴 뭐야. 니들 혼내키기 위해 온 사람들이지."

"정체를 밝혀라!"

불쑥 다가온 놈의 손에는 어느새 꺼내 들었는지 쇠파이프가 들려 있었다.

하긴 그건 뒤에 쏟아져 나오는 놈들도 마찬가지였다.

그럼에도 유태호의 표정은 전혀 변함이 없었다.

"그 새끼 말하는 꼬라지하고는. 넌 불청객이 정체 밝히는 것 봤어?"

"겁대가리 상실한 놈들이군. 여기가 어딘지 알고 들어와."

"우리가 겁이 조금 없긴 하지. 어딘지 알고 왔으니까 좋은 말로 할 때 유태천이나 나오라고 해. 어디 부러지고 나서 후회하지 말고."

유태호가 먼저 움직였고 그 뒤를 최태양이 따랐다.

번개 같은 움직임.

큰소리를 치며 쇠파이프를 휘둘렀던 놈은 어느새 계단 밑으로 떨어져 신음을 흘리며 널브러진 상태였다.

앞으로 전진하던 유태호가 내려치는 쇠파이프를 왼손으로 막고 그대로 사내의 면상을 후려갈겼던 것이다.

방어선을 형성하던 놈들이 떼거지로 몰려나오며 쇠파이프를 휘둘렀지만 유태호와 최태양의 움직임은 양 떼 속에 들어간 호랑이나 다름없었다.

한 방에 하나가 아니었다.

연환 동작으로 펼치는 그들의 주먹은 그야말로 전광석화였는데 걸음을 옮길 때마다 서넛씩 나가떨어졌다.

불과 10분.

서른 명을 모두 바닥에 기게 만드는 데 걸린 시간은 그로서 충분했다.

강태산이 대문을 통해 안으로 들어온 것은 마지막까지 반항하던 놈이 최태양의 발길질 한 방에 의식을 잃었을 때였다.

"시간이 너무 많이 걸렸군. 그동안 노느라 수련을 게을리한 모양이지?"

"휴가는 확실히 즐기라고 했잖습니까?"

"즐기라고 했지 내가 언제 수련하지 말라고 그랬어? 말귀를 못 알아먹는 거야, 아니면 일부러 모른 체하는 거냐?"

"아, 그게 그 뜻인 줄 몰랐습니다."

최태양이 뻔뻔한 얼굴로 대답을 하자 강태산의 얼굴에서 쓴웃음이 흘러나왔다.

놈은 뻔한 거짓말로 위기를 벗어나려 하고 있었다.

아는데도 속아준다.

일을 시켜먹으려면 가끔가다 이럴 때도 있어야 되는 법이니까.

"유태천은?"

"안에 있을 겁니다."

"가보자, 국장님이 아직 뭐 하냐고 벌써 두 번이나 전화가 왔어."

"대장님은 좋겠습니다. 국장님하고 친해서요."

"지금 나 놀리는 거냐?"

"그럴 리가요."

현관문을 열고 들어서자 가죽 소파의 정면에 사십 대 초반의 사내가 앉아 있었고 그 옆으로 네 명의 검은 양복을 입은 사내들이 좌우로 나뉘어 서 있는 것이 보였다.

날카로운 기세.

중앙에 있는 자는 볼 것도 없이 유태천이다.

그리고 그 옆에 서서 이쪽을 노려보는 놈들은 말로만 듣던 유태천의 친위대인 것이 분명했다.

주먹 세계에서도 강하기로 소문난 자들로서 수많은 전쟁에서 유태친을 구했다고 알려져 있었는데 그래서 그런지 기세가 날카로웠다.

천천히 다가가자 유태천을 가로막듯 검은 양복의 사내들이 앞으로 나섰다.

하지만 강태산은 가소롭다는 표정으로 놈들을 바라보며 유태천을 향해 입을 열었다.

"유태천, 까불면 죽는다. 아끼는 부하들 병신 만들지 말고 자리에서 일어서!"

"처음 보는 얼굴들이군. 어디 식구들이냐?"

"어느 식구? 우리가 깡패로 보이는 모양이지?"

"이쯤에서 돌아가라. 그러면 없던 일로 하겠다. 돌아가지 않으면 네놈들의 정체를 밝혀내서 끝까지 응징하겠다."

"나이를 처먹은 것 같아서 좋게 말했더니 말귀를 못 알아먹는구만."

30명의 호위부대가 강태산 일행을 막지 못했다는 것을 알면서도 유태천의 얼굴은 태연했다.

이런 상황을 한두 번 겪은 게 아닌 모양이었다.

잡초처럼 끈질긴 생명력.

목숨을 위협받는 상황에서도 그는 버티고 이겨내서 이 자리까지 왔기에 위협을 느끼면서도 그는 강하게 눈을 빛내며 강태산을 노려봤다.

하지만 그것은 강태산이 누군지 몰랐기에 한 행동에 불과했다.

무림에서 야차로 불리던 시절.

강태산 역시 이런 경우를 수도 없이 경험했고 누구보다 악마처럼 적의 기를 눌러왔다.

그랬기에 강태산은 앞으로 나서며 덤벼오는 검은 양복의 사내들을 공격했다.

날카로운 발차기와 주먹의 연환.

놈들은 최정예답게 바깥에 있던 놈들보다 훨씬 예리했고 포위 공격하는 자세가 섬뜩할 정도로 강력했다.

그러나 놈들은 강태산이 누군지 알지 못했기에 눈 깜짝할 사이에 바닥을 뒹굴었다.

그야말로 전광석화.

눈에 보이지도 않을 정도의 빠른 주먹이 검은 양복 사이를 누볐다고 느꼈을 뿐인데 놈들은 하나같이 비명을 지르며 바닥에 쓰러져 꿈틀거렸다.

유태천의 눈이 놀람으로 인해 부릅떠진 것은 마지막까지 남아 있던 부하가 강태산의 주먹에 의해 앞으로 고꾸라졌을 때였다.

그때서야 그의 목소리가 쇠를 긁는 것처럼 변했다.

"이쪽 세계 사람들이 아닌 모양이군."

"이제 눈치를 챘어? 그 눈치로 어떻게 여기까지 왔을까?"

"도대체 용건이 뭐냐?"

"그렇지. 맞아, 맞아. 아주 좋은 지적이다. 저 새끼들이 설치는 바람에 여기에 왜 왔나 잠깐 까먹었는데 알려줘서 고맙군."

"나를 농락하지 마라. 너희들이 누군지 모르나, 나는 강남파를 이끄는 유태천이다!"

역시 대한민국 밤을 주름잡는 강남파의 보스답다.

그는 이런 상황에서도 앉은 자세에서 어깨를 편 채 쉰소리를 긁어냈다.

그러자 강태산의 입에서 기괴한 웃음이 새어 나왔다.

"크크크, 그래서?"

"죽는 것은 두렵지 않다. 그러니 죽일 생각으로 왔다면 그냥 죽여."

"널 처음부터 죽일 거였다면 입 아프게 떠들지 않았을 거다. 지금부터 내가 하는 말을 잘 듣고 현명하게 대답해. 그렇지 않으면 정말 죽을지도 모르니까."

"변죽 올리지 말고 용건이나 말해. 쪽팔리게 만들지 말고."

"최성환이라고 알지?"

"최성환!"

"그래, 오성의 최성환. 모르는 척하지 마. 다 알고 왔으니까."

"다시 한 번 묻자. 어디서 왔냐?"

"지옥에서."

"씨발놈."

"좋은 말로 하니까 내가 우습게 보인 모양이군."

말이 끝남과 동시에 강태산의 몸이 앉아 있는 유태천을 향해 불쑥 다가갔다.

그러나 이미 유태천은 공격을 예상하고 있었던 모양이었다.

유태천이 기다리기라도 한 듯 엉덩이를 틀며 강태산의 발차기를 피하려 하자 그의 발이 교묘한 각도로 꺾였다.

절묘한 각도의 변형.

강태산의 발이 목표 지점에서 벗어난 유태천의 움직임을 따라 번개처럼 회전하면서 목덜미를 그대로 직격시켰다.

전혀 예상치 못했던 공격에 유태천이 소파 사이로 넘어졌다가 본능적으로 일어섰다.

하지만 강태산은 더 이상 공격을 하지 않고 그를 향해 잇새로 말을 뱉어냈다.

"자꾸 매를 벌지 마라. 늙어서 맞으면 여기저기 쑤시고 아프다."

"마음대로 해봐."

"그래?"

유태천이 배 째라는 듯이 징그러운 미소를 지은 채 버티자 강태산이 불쑥 다가갔다.

그런 후 유태천의 멱살을 잡은 후 그대로 탁자에 때려 박았다.

퍼억!

수박 깨지는 소리와 함께 유태천의 머리가 반동에 못 이겨 튕겨져 나왔다.

하지만 강태산은 거기서 멈추지 않고 유태천의 오른쪽 새끼

손가락을 그대로 꺾어버렸다.

"악!"

폐부를 찢는 것과 같은 비명.

유태천의 입에서 흘러나온 비명은 육체의 고통이 의지를 꺾고 본능적으로 터진 것이 분명했다.

고통스러움을 겨우 참아낸 유태천이 거친 숨을 몰아쉴 때 강태산의 입에서 묵직한 저음이 흘러나왔다.

"다시 한 번 묻는다. 이번에도 대답하지 않으면 차례차례 네 손가락을 다 분질러 주마."

"으… 나는 모른다. 차라리 죽여라!"

"이 새끼가 아직도 내 성격을 파악하지 못한 모양이네."

거침없다.

조금의 망설임도 없이 강태산은 정말 자신이 말한 대로 유태천의 손가락을 하나씩 분지르기 시작했다.

처음에는 비명을 지르면서도 버티던 유태천의 입에서 고통에 찬 목소리가 새어 나왔다.

"잠깐… 말할 테니 그만해. 제발……."

"아니, 내가 말했잖아. 넌 아무래도 사실을 말하지 않을 것 같아. 네 머리에서 잔대가리 돌아가는 소리가 웽웽거리면서 들려오거든. 난 같은 수고를 두 번 하지 않는 성격이다."

상대가 이미 항복하겠다고 외쳤으나 강태산은 끝까지 유태천의 손가락을 모두 분질러 버렸다.

손가락이 하나씩 꺾일 때마다 유태천의 비명은 점점 커졌고 그렇게 강했던 눈빛 역시 희미해져 갔다.

사람은 고통의 극한을 느끼면 두려움을 느끼는 법이다.

"다시 한 번 기회를 주겠다. 이번에도 사실대로 말하지 않으면 발가락을 하나씩 꺾어주마. 지금 최성환은 어디에 있나?"

"그놈이 어디에 있는지는 정말 나도 모른다. 나는 흑묘의 부탁으로 그를 넘겨줬을 뿐이다."

"흑묘가 누군데?"

"삼합회에서 우리나라에 파견한 여자라는 것만 안다. 항상 고양이 가면을 쓰고 나타나서 우린 그녀를 흑묘라고 불렀다. 나는 돈만 받고 그놈을 넘겨줬을 뿐이야."

"이 새끼가 아직도 정신을 못 차렸군."

강태산의 목소리는 마치 유부에서 흘러나오는 저승사자의 음성과 비슷했다.

그는 유태천의 오른 발목을 걷어찬 후 탁자 위에 올려놓고 발가락을 붙잡아갔는데 여차하면 그대로 부러뜨릴 기세였다.

유태천의 입에서 다급한 음성이 터져 나온 것은 강태산이 그의 새끼발가락을 잡았을 때였다.

"정체는 모르지만 그녀가 오피움에 자주 온다는 소릴 들었다. 그러니 그만… 해……."

"오피움이 어딘데?"

"강남역 근처에 있는 클럽이다."

유태천의 말을 들은 강태산의 고개가 설레설레 좌우로 돌아갔다.

그 정도 가지고는 정보가 충분하지 않았기 때문이었다.

"천천히 또박또박 자세히 말해. 중간에 듬성듬성 잘라먹지 말고!"

"흑묘가 나를 찾아온 것은 보름 전이었다. 그녀는⋯⋯."

양손을 소파에 기댄 채 유태천이 그동안 있었던 일들을 불었다.

물론 자신에게 불리한 것들에 대해서는 빼먹었지만 흑묘에 관한 것은 아는 대로 샅샅이 이야기했다.

그러나 강태산은 그를 곱게 놔두지 않았다.

"이 새끼가 아직도 정신 못 차리고 잔대가리를 굴리고 있군."

"악!"

소파에 올려져 있던 오른팔이 덜렁거렸다.

강태산이 발을 들어 팔꿈치를 걷어찼던 것이다.

"제대로 불란 건 너한테 유리한 말만 하라는 게 아니다. 처음부터 다시 한다. 이번에도 내 귀에 달그락거리는 소리가 들리면 약속대로 네 발가락을 분질러 주마. 자⋯ 최성환은 어디로 보냈고 흑묘는 어떻게 만났지?"

"으… 최성환은……."

악마.

그렇다. 유태천의 눈에는 강태산이 악마로 보였다.

그랬기에 최성환에 관한 것에 대해서는 머리를 쥐어짜 내 숨겨놨던 것까지 모두 실토하고 말았다.

강태산의 입에서 만족스러운 웃음이 피어난 것은 그의 이야기가 모두 끝났을 때였다.

하지만 그의 행동은 웃음과 달랐다.

만족스러운 웃음을 지은 채 일어선 그는 곧장 남아 있는 유태천의 어깨를 짓밟았던 것이다.

또다시 거실에는 비명이 가득 찼으나 강태산은 눈 하나 깜짝하지 않았다.

"이건 약한 사람을 괴롭히고 돈 때문에 국가를 배신한 것에 대한 보너스다. 넌 당분간 병원에도 가지 말고 찌그러져 있다가 네 똘마니들 데리고 시골로 내려가라. 너 때문에 그년을 놓친다든가 한 달 후에도 모습이 보인다면 내가 다시 너를 찾아올 것이다. 남은 발가락 성하고 싶으면 내 말 머릿속에 빳빳이 심어놓도록!"

강태산은 저택에서 빠져나오며 골똘히 생각에 잠겼다.

유태천의 자백에서 얻은 것은 많지 않았으나 그것만으로도 충분히 실마리는 찾아낼 수 있을 것 같았다.

놈의 말에 따르면 이미 최성환은 국내를 빠져나갔다.

흑묘가 유태천의 인맥을 이용해서 홍콩으로 향하는 상선에 그를 태웠던 것이다.

강태산이 유태천을 심하게 다룬 이유는 놈이 최성환을 밀항시키는 조건으로 3억이란 거액의 돈을 받아 챙겼기 때문이었다.

더군다나 놈은 중국의 삼합회 밑으로 기어들어 가 밑을 닦아주고 있었다.

국내에서의 기반을 공고히 하고 경쟁 세력을 누르기 위해 삼합회의 힘을 등에 업으려는 생각을 한 것이 틀림없었다.

그 옛날 뙤놈들 밑에서 국가와 국민들을 나 몰라라 한 채 자신의 영달만 꾀한 간신 같은 놈이었다.

그리고 놈은 삼합회 쪽으로 오성의 신기술이 넘어갔다는 것도 눈치챘을 가능성이 컸다.

유태천은 오성의 상무가 밀항을 하는 이유에 대해서 정확히 몰랐을 수도 있으나 뭔가 있다는 판단을 내리고 거액의 돈을 요구한 것이 틀림없었다.

그 정도 죄라면 죽이고도 남았기 때문에 무림에서라면 생각하지도 않고 목을 쳤을 것이다.

"태호!"

"예, 대장님."

"오피움에 가본 적이 있나?"

"지나가면서 본 적은 있지만 들어간 적은 없습니다."

"왜?"

강태산이 얼굴을 찡그리며 물었다.

귀공자 스타일로 잘생긴 유태호는 임무가 없으면 클럽에 다니는 것이 취미였다.

그는 강남, 신촌을 비롯해서 안 가본 클럽이 없다며 시간이 날 때마다 자랑스럽게 말을 했는데 오피움을 가본 적이 없다고 하자 강태산이 의문을 나타냈다.

대장의 표정이 무엇을 의미하는지 너무나 잘 알기에 유태호의 표정도 같이 일그러졌다.

"오피움은 회원제로 운영되는 곳입니다. 듣기로는 회원으로 가입하는 데만 3천만 원이라고 하더군요. 제 월급으로는 엄두가 안 나는 곳입니다."

"가입만 하면 공짜로 놀 수 있다는 얘기냐?"

"그럴 리가요. 들어가서 마시는 건 별도 계산입니다. 한번 들어가면 최소 이백은 깨진다고 들었습니다."

"이 미친… 거긴 도대체 어떤 새끼들이 다니는 거야!"

"부잣집 애들이죠. 돈을 주체 못 하는."

유태호의 대답을 들은 강태산이 어이없다는 표정을 지었다.

목숨을 담보로 싸우며 푼돈을 받는 그들에게는 꿈만 같은 이야기였기 때문이었다.

그럼에도 흑묘를 잡기 위해서는 들어가는 수밖에 없는 상황이었기에 강태산이 입맛을 쓰게 다셨다.

"국장님한테 전화해야겠다. 이참에 넉넉히 경비 좀 타내야겠어."

제6장
흑묘 사냥

강남의 밤은 화려하기 짝이 없었다.

갖가지 네온사인이 빛나는 거리에는 젊은이들로 가득 차 있었고 그 좁은 길로 외제 차가 수시로 들락거렸다.

특히 여자들의 차림새는 다른 곳과 확연히 달랐다.

거의 팬티가 보일 정도로 짧은 치마를 입은 채 거리를 활보하는 여자들은 모델을 연상시킬 만큼 잘빠졌고 얼굴도 수준급이었다.

"대장님, 잠시 여기 앉아서 구경 좀 하고 가는 게 어떻겠습니까?"

"뭘?"

"아직 8시밖에 되지 않았습니다. 오피움은 이제 막 문을 열었을 텐데 지금 들어가 봤자 할 게 없을 겁니다. 그러니까 여기서 아리따운 여인네들 구경이나 하고 가자는 말입니다."

최태양이 뻔뻔한 얼굴로 강태산을 바라보았다.

놈은 유태호와 달리 컨트리 스타일로 생겼기 때문에 여자들에게 인기가 없었다.

이해가 간다.

떡을 먹어보지 못한 놈에게는 구경이라도 시켜주는 게 자비를 베푸는 것이다.

더군다나 놈의 말에도 일리가 있었기 때문에 강태산은 거리가 한눈에 보이는 커피숍의 야외 테이블에 자리를 잡았다.

그런 후 최태양을 향해 고개를 까딱였다.

"가서 커피 사 와. 구경값은 네가 내야지."

"어련하시겠습니까. 짠돌이 대장님."

최태양이 툴툴거리며 사라지자 재미있다는 표정을 지으며 웃고 있던 유태호의 입이 슬그머니 열렸다.

"흑묘의 얼굴을 모르는데 어떻게 찾으실 생각이십니까?"

"방법이 있다."

"가르쳐 주시죠. 전 궁금한 거 딱 질색입니다."

"그놈이 그랬잖아. 걔가 엄청 잘빠졌다고. 그러니까 오피움에서 제일 잘빠진 여자를 찾으면 되지 않겠어?"

"농담이시죠?"

"농담은 무슨. 국장님한테도 그렇게 보고했다."

"자꾸 농담하시면 저 삐집니다."

"돈까지 듬뿍 주더라. 잘 놀다 오라고."

"국장님이 드디어 미치셨군요."

"아니지, 이제야 나의 작전을 이해하신 거지."

"대단하십니다."

유태호가 말문을 닫고 본격적으로 지나가는 여자들을 감상하기 시작했다.

어차피 말해봐야 입만 아프다.

강태산의 머리에는 구렁이가 수만 마리 들어 있는 것 같았다.

냉혹했고 비정했으나 상황을 타개하는 능력은 발군 중의 발군이었다.

컴퓨터 같은 머리 회전은 그의 머리로는 도저히 따라갈 수가 없을 정도로 뛰어났기 때문에 행동을 한 후에야 왜 그랬는지 이해하는 경우가 많았다.

그러면서도 요원들에게는 더없이 따뜻하게 대해주었기 때문에 평상시에는 허물없이 이렇게 농담도 한다.

하지만 그것도 본격적으로 위험 작전에 들어가면 언제 그랬냐는 듯 더없이 차가운 전사로 변하기 때문에 수시로 눈치를 보지 않으면 경을 칠 가능성이 컸다.

최태양이 돌아와 커피를 내려놓았음에도 거리로 향해 있던 강태산과 유태호의 머리는 돌아오지 않았다.

그들은 한 편의 영화를 감상하는 것처럼 여자들을 바라보느라 정신을 놓고 있었다.

"그러다가 눈 빠지겠습니다. 감상하자고 제안한 건 전데 대장님이 더 호강하십니다."

"오래 굶어서 그래."

"그 거짓말 정말입니까?"

최태양이 말도 안 된다는 얼굴로 입을 내밀며 주절거렸다.

강태산의 잘생긴 얼굴로 봤을 때 전혀 신빙성 없는 말이었기 때문이었다.

하지만, 강태산은 자신의 결백함을 주장이라도 하려는 듯 다가오는 여자에게 시선을 고정시킨 채 입만 달싹거렸다.

"괜찮군."

역시 눈이 높다.

왼쪽에서 다가오는 여자를 따라 세 남자의 시선이 똑같이 움직였다.

영화 중에는 명작도 있고 졸작도 있는데 명작이 되기 위해서는 사람의 오감을 흔드는 매력이 있어야 한다.

다가오는 여자가 그랬다.

하얀 블라우스에 청바지를 입은 그녀는 그야말로 예술처럼 잘빠진 몸매를 가지고 있어 사내의 가슴을 적시는 매력을 지니고 있었다.

최태양의 입이 다시 열린 것은 눈알이 빠지게 그녀의 뒷모습이 사라질 때까지 지켜본 후였다.

"역시 수준이 높으십니다."

"원래 내가 사람 보는 눈이 뛰어나긴 해."

"그런데 왜 안 따라가셨습니까. 혹시 작전 중에는 작업 안 하시는 겁니까?"

"우린 조국을 위해 음지에서 싸우는 사람들이다. 그런 중차대한 임무를 띠고 있는 전사들이 작전 중에 여자에게 한눈을 팔면 쓰겠어?"

"그럼요, 당연한 말씀입니다. 어라, 아까 그 여자 다시 돌아오는데요."

"어디?"

본능적으로 강태산의 머리가 돌아갔다.

그러나 여자는 어디에도 없었고 대신 최태양의 큭큭거리는 웃음소리가 들려왔다.

"역시 우리 대장님. 정말 대단하십니다. 어쩌면 말과 행동이 그리 완벽하게 다르십니까?"

9시가 되자 오피움의 앞에는 외제 차들이 문전성시를 이루기 시작했다.

외제 차에도 등급이 있지만 오피움의 앞에 선 차들은 대부분 최고급 사양을 지닌 것들이었다.

외제 차의 주인들은 기껏해야 이십 대 후반밖에 되지 않는 젊은 것들이었다.

한눈에 척 봐도 명품으로 도배된 모습.

그들이 걸치고 있는 옷과 신발, 심지어 벨트와 시계까지 명품 아닌 것들이 없었다.

자신도 돈을 벌고 있었지만 일 년을 모아야 겨우 살 수 있는 물건들을 저놈들은 온몸에 처바른 채 웃고 떠들고 있었다.

헛웃음이 자신도 모르게 흘러나왔다.

뼈 빠지게 고생해서 자신을 가르치신 부모님의 모습이 떠올랐고 이름 없는 거리에서 산화해 간 동료들의 처참했던 마지막 순간도 머릿속을 휘저었다.

저런 놈들을 위해 그렇게 눈도 감지 못하고 고통 속에서 죽어갔단 말인가.

자괴감에 슬그머니 주먹이 쥐어졌다.

그러나 더욱 강태산을 골 때리게 만든 것은 오피움의 앞에서 줄을 선 채 기다리는 여자들이었다.

외제 차를 타고 온 청춘들은 짝을 맞춰 오는 경우가 대부분이었지만 남자끼리 온 놈들도 있었는데 차가 오피움에 설 때마다 여자들은 간택을 받기 위해 몸부림을 치고 있었다.

"도대체 저년들은 뭐냐?"

"신분 상승을 노리는 꽃들이라고 생각하십시오."

"몸 파는 애들이냐?"

"몸도 팔고 웃음도 팔지만 돈은 받지 않습니다. 그저 오피움에 한 번이라도 들어가고 싶어서 안달이 난 골 빈 년들이지요."

"저길 들어가고 싶어서 저러고 서 있단 말이지?"

"말씀드렸잖습니까. 아무나 못 들어가는 곳이라고. 젊은 애들 사이에서는 오피움에 한번 들어가 보는 것이 꿈이라고 얘기할 정도라더군요."

"그럼 우리도 한 명씩 챙길 수 있겠구나."

"아마, 안 될걸요. 우리 같은 민초들을 쟤들이 쳐다나 볼 것 같습니까?"

"우리가 왜 민초야?"

"회원 카드가 없으면 못 들어가는 곳이니까요. 그러니 쟤들이 쳐다볼 리 없죠. 그나저나 가시죠. 저기 기도 보는 놈들은 제가 깔끔하게 처리할 테니까 그때를 이용해서 들어가십시오."

"네가 총대 매겠다는 뜻이냐?"

"어쩌겠습니까. 태양이가 여기 오면서 귀가 따갑게 통사정했거든요. 이번 한 번만 사정을 봐주면 일주일 동안 점심 사겠답니다."

"흉악한 놈이구나."

"원래 저놈이 흉악하긴 하죠."

유태호가 빙그레 웃었다.

옆에 선 최태양은 고개를 돌린 채 못 들은 척 여자들만 바라보고 있었는데 그 모습이 귀여웠다.

강태산이 쓴웃음을 지으며 입을 연 것은 유태호가 걸음을 옮기려 할 때였다.

"그럴 필요 없어."

"무슨 말씀입니까?"

"작전도 시작하기 전에 소란을 피워서 파리 떼가 날아가게 만들 수는 없는 거 아니냐."

"어쩌시려고요?"

"내가 국장님 협박해서 겨우 돈만 타 왔을 것 같아?"

강태산이 빙그레 웃으면서 안주머니에 손을 집어넣더니 황금색 카드를 꺼내 들었다.

카드에 전면에 선명히 박혀 있는 것은 오피움이라는 영어 단어였는데 골드 카드가 분명해 보였다.

한 장의 황금빛 회원 카드.

카드를 본 유태호가 반색을 하며 튀어 올랐다.

"대장님 만세! 존경합니다. 그리고, 사랑합니다. 그런 의미에서 오늘은 제가 실컷 즐기실 수 있도록 최선의 노력을 다하겠습니다. 대장님께서 찍는 여자는 오 분 이내에 대기토록 할 테니 시켜만 주십시오."

"나는 됐고. 태양이나 해줘. 10시까지 시간 낭비하지 말고 최선을 다해서 놀아. 흑묘는 그다음에 잡는 것으로 할 테니까."

골드 카드의 위력은 컸다.

철저하게 출입문을 차단한 채 사람들을 통제하던 검은 양복의 사내들은 강태산이 일행이 카드를 내밀자 마치 하느님이 나타난 것처럼 허리를 구십도로 꺾었다.

그런 놈들 사이를 강태산 일행은 유유히 통과했다.

최태양이 아쉬운 듯 자꾸 고개를 돌린 것은 입구를 통과할 때였다.

"왜 그러냐?"

"저 많은 꽃들을 그냥 두고 오는 게 아까워서 그렇습니다."

출입문 쪽에 길게 늘어서서 간택을 받기 위해 서 있던 여자들을 말하는 게 분명했다.

그들이 출입구에 서서 골드 카드를 꺼내 들자 여간해서는 보기 어려울 정도로 늘씬하게 빠진 여자들이 간절한 눈으로 그들을 바라봤지만 강태산은 냉정하게 출입문을 통과했다.

최태양은 그것이 불만인 모양이었다.

질문을 한 것은 강태산이었지만 그를 위로해 준 것은 유태호였다.

"인마, 걱정하지 마라. 클럽에는 쟤들보다 훨씬 괜찮은 애들이 쌔고 쌨을 거다."

"난 비싼 애들하고는 선천적으로 안 맞아. 싸고 맛있는 게 좋다. 소화도 잘되고."

"지랄한다."

"거참 아쉽네."

"일단 들어가. 내가 최선의 노력을 다해서 입맛에 맞는 애로 구해줄 테니까 인상 펴고. 못생긴 놈이 웃어도 시원찮은 판에 인상까지 쓰면 되겠어?"

강렬한 비트의 음악.

거기에 사람들의 눈을 혼란하게 만들 정도의 사이키 조명이 홀을 가득 채운 채 날아다녔다.

이미 오피움에는 수많은 청춘들이 자리를 잡은 채 광란의 시간을 보내고 있었다.

강태산은 최태양과 유태호를 무대 쪽으로 내보낸 후 천천히 시선을 돌렸다.

수하들에게 한 시간 동안 마음껏 놀라는 지시를 내린 것은 오피움의 사장이 10시에 출근한다는 정보를 미리 입수했기 때문이었다.

그동안 실내의 구조를 면밀히 파악하고 이곳을 지키는 자들의 숫자와 비상구의 존재 유무까지 알아내야 흑묘를 완벽하게 생포할 수 있었다.

강태산은 유태호가 사람들의 숲으로 최태양을 데리고 들어가는 것을 확인한 후 맥주병을 들어 입으로 가져갔다.

왼쪽 무대 쪽에 셋, 오른쪽 카운터 쪽에 둘, 그리고 출입문으로 들어와 무대 쪽으로 들어오기 전 좁게 나 있는 통로 쪽에 세 명의 사내가 포진하고 있는 것이 보였다.

냄새가 다르다.

어제 강남파의 보스 유태천의 졸개들을 두들겨 팼지만 놈들에게서는 어쩐지 그들과 다른 냄새가 풍겨 나오는 것 같았다.

천천히 자리에서 일어나 룸 쪽으로 걸어갔다.

오피움은 회원제로 운영하고 있지만 룸은 그중에서도 특별한 놈들이 예약해서 논다는 소릴 들었다.

다른 곳은 모두 확인했으니 룸을 확인할 생각이었다.

작전에서 변수는 모두 제거해야 된다는 것이 그의 지론이었기에 그는 룸이 있는 이 층 복도를 향해 서서히 걸어갔다.

복도 역시 난장판이었다.

오피움은 춤추는 곳이 별도로 무대 앞에 마련되어 있었지만 모든 장소에서 춤판이 벌어지고 있었다.

복도를 걸어가며 숫자를 세자 모두 합해 서른두 개의 룸이 나타났다.

이 층은 특별한 놈들이 노는 곳이라더니 복도에서 춤추는 여자들을 제외하면 생각보다 조용했다.

강태산의 귀는 밝다.

현천기공이 칠성을 통과하면서 5m 앞 개미가 기어가는 소리까지 들을 수 있는 정도다.

조용했지만 룸에서는 남녀가 웃고 떠드는 소리가 고스란히 들려왔다.

그 소음에는 노래가 포함되어 있었고 여자들이 흘리는 야한 비음도 섞여 있었다.

로열룸에 들어가면 기본이 오백이라는 소릴 들었는데 그런 룸이 서른두 개라면 룸에서 나오는 매상만 해도 일억 육천이 뜬다.

홀까지 감안해 볼 때 오피움의 하루 매상은 최소 삼억이 간단하게 넘는다는 뜻이다.

강태산의 걸음이 잠시 멈춘 것은 마지막 룸에서 들려오는 소리가 다른 곳과 달랐기 때문이었다.

노래 소리도 없고 웃음도 없이 오직 나지막한 대화 소리만 오가는 듯했다.

듣고 싶었지만 들을 수가 없었다.

두 명의 검은 양복을 입은 놈들이 불쑥 다가왔기 때문이었다.

"당신 뭐야?"

"화장실을 찾는 중이요."

말도 안 되는 변명이었지만 지금은 그것이 최선이다.

언제나 이런 곳에서는 화장실을 못 찾아 이곳저곳을 헤매는 놈들이 있게 마련이니까.

조용했던 룸을 열고 여자가 불쑥 나온 것은 놈들의 비웃음을 뒤로하고 강태산이 반대쪽으로 걸어 나올 때였다.

미색 원피스를 입은 여자.

급작스럽게 문을 열고 빠져나오던 여자는 강태산과 충돌한 후 급히 옆으로 비켜섰는데 그 모습이 무척 매력적이었다.

어리지도 않고 나이가 많아 보이지 않는다.

기껏해야 서른?

그럼에도 그녀에게는 묘한 매력이 뭉텅거리며 새어 나오고 있었다.

하지만 강태산은 그녀에게서 치명적인 매력 대신 다른 것을 봤다.

고수.

그 짧은 순간에 자신의 손을 피하며 몸을 비켜선다는 것은 오랜 수련을 쌓았다는 것을 의미하는 것이었다.

"괜찮습니까?"

"네, 괜찮아요."

"다행이군요."

강태산이 빤히 바라보자 여자의 시선도 따라와서 부딪쳤다.

그런 후 언제 그랬냐는 듯 시선을 거두며 천천히 몸을 돌려 이 층 복도를 걸어 계단을 내려갔다.

강태산은 모든 곳을 둘러본 후 자신의 자리로 돌아왔다.

최태양과 유태호는 어디로 갔는지 보이지 않았다.

불과 30분이 흘렀을 뿐인데 오피움은 사람들로 인산인해를 이루고 있었다.

오피움의 사장인 박성욱의 집무실은 검은 양복의 사내들이 철저하게 지키고 있는 좁은 통로 쪽에 있는 것이 분명했다.

어제 오피움에 대해서 상세히 알아봐 달라는 그의 부탁을 받고 국장은 하루 만에 열 장에 달하는 메일을 보내왔다.

오피움의 경영권이 바뀐 것은 2년 전이었고 그때부터 오피움은 강남의 명물로 자리 잡기 시작했다.

이렇게 비싼 회원권과 술값에도 불구하고 젊은 청춘들이 넘쳐나는 것은 회원제로 운영하면서 일반인들이 출입할 수 있도록 만든 사장의 상술이 통했기 때문이었다.

일행 중에 회원이 포함되면 누구나 입장하도록 해줬기 때문에 회원제로 운영되는 다른 곳과 달리 오피움은 인산인해를 이루고 있었다.

더군다나 최고의 DJ와 가수들을 섭외해서 무대를 장악했기 때문에 오피움은 한번 와본 청춘들이 다시 오기를 간절히 원할 정도의 명소가 된 지 오래였다.

국장이 보내온 보고서에는 두 가지 문제점이 담겨 있었다.

하나는 사장인 박성욱의 정체가 불분명하다는 것이었는데 그는 오 년 진까지 홍콩에서 시업을 하다가 쫄딱 망한 자였다.

완벽하게 망했다던 놈이 어느 날 불쑥 나타나 강남 최대의 클럽을 운영하고 있으니 뭔가 이상해도 한참 이상했다.

다른 하나는 이곳에서 은밀하게 마약이 거래되고 있지만 증거를 찾아내지 못해서 경찰 쪽이 답답해한다는 것이었다.

그럴 만도 하다.

그가 찾아낸 비상구만 해도 다섯 군데가 넘었다.

만약 놈들이 경찰 고위층 쪽에 선이 닿아 있다면 마약 전담팀에서 아무리 용을 써도 증거를 찾아내기 어려웠을 것이다.

정황이 의심스럽다.

검은 양복의 사내들에게서 풍기는 이질적인 냄새가 기분 나빴고 마약을 이토록 은밀하게 거래한다는 것은 유태천이 말한 삼합회가 개입되었을 가능성이 컸다.

이곳에 오면서 박성욱을 때려잡으려 했다.

유태호에게는 말도 안 되는 농담을 했지만 박성욱을 잡는다면 마약이 유통된 경로와 흑묘의 정체가 드러날 것이라 예상했기 때문이었다.

하지만 막상 와보니 천지사방이 모두 지독한 냄새로 진동해서 문제를 해결하는 건 어려워 보이지 않았다.

만약 박성욱을 잡지 못한다 하더라도 미로를 지키는 놈들 중에서 콧수염만 잡으면 흑묘의 행적을 추적할 수 있을 것 같았다.

검은 양복의 콧수염.

날카로운 기세가 보기만 해도 스물스물 새어 나오는 자. 몸에서 나오는 기세는 기공을 익힌 자가 분명해 보였다.

무림에서 돌아와 현실을 살아가면서 내공을 익힌 자를 본 건 처음이었다.

그가 오피움을 지키는 자들의 우두머리가 맞는다면 많은 것을 알아낼 수 있을 것이다.

슬쩍 시계를 바라보자 열 시 15분 전을 가리키고 있었다.

이제쯤이면 최태양과 유태호가 돌아와야 하는데 놈들은 어딜 갔는지 눈으로 들어오지 않았다.

인간들의 숲.

마치 해초가 바람에 흔들리는 것처럼 젊은 청춘들이 두 손을 든 채 음악에 몸을 맡기고 있었다.

강태산의 눈이 번쩍 빛난 것은 무대 앞의 홀에서 혼자 춤을 추고 있는 여자를 발견한 후였다.

룸에서 빠져나오다가 그와 몸을 부딪친 여자가 홀의 맨 앞부분에서 춤을 추고 있었던 것이다.

잘빠진 몸매, 거기에 무예를 익힌 여인.

그녀를 본 순간 처음 본 순간부터 맹렬하게 작동하던 직감이 강태산의 머리를 빠르게 회전시켰다.

맥주병에 남아 있는 술을 모두 입으로 털어낸 후 강태산은 복도를 걸어 그녀에게 다가갔다.

막상 마주 서자 그녀의 머리는 그의 어깨를 겨우 넘길 정도로 작았다.

그러나 강태산의 키가 워낙 컸으니 작은 키라고는 볼 수 없었다.

181㎝의 키에 74㎏의 탄탄한 몸매를 가진 강태산이 앞을 가로막자 그녀의 시선이 저절로 올라왔다.

두 개의 눈이 부딪쳤으나 두 개의 입은 아무런 말도 하지 않았다.

그저 음악에 몸을 맡긴 채 움직이기만 했을 뿐이다.

하지만 그런 그들의 행동을 변화시킨 것은 주변을 가득 메운 사람들이었다.

수초처럼 움직이며 열광하는 사람들로 인해 두 사람은 점점 가까워졌는데 곧 가슴이 부딪칠 정도가 되었다.

그럼에도 강태산은 그녀의 눈만 바라본 채 천천히 움직였다.

가슴이 닿았고 연이어 강태산의 묵직한 아랫도리가 그녀의 배를 자극했다.

뜨거운 숨결.

알게 모르게 숨결은 뜨거워졌고 두 사람 사이에서는 열기가 피어났다.

강태산도 피하지 않았지만 그녀 역시 피하지 않고 고스란히 이 상황을 받아들였다.

역시 뭔가가 있는 여자다.

자리로 돌아온 강태산은 아직까지 남아서 춤을 추고 있는
여자를 바라보면서 입을 열었다.

자리에는 이미 유태호와 최태양이 남아 있던 술을 모두 비
운 채 그를 기다리고 있었다.

"비상구는 모두 다섯 개다. 그리고 사장의 사무실은 저쪽
미로 안에 있어. 저놈들 보이지?"

"예."

"저기 가운데 걸어 들어오는 놈이 오피움의 사장 박성욱이
다. 일단 저놈부터 잡는다."

"알겠습니다."

"태양이는 혹시 모르니까 바깥쪽을 차단하고 놈은 태호가
잡아!"

"걱정하지 마십시오. 고이 잡아다가 재갈을 물려놓겠습니
다."

"조심할 놈이 있다."

"무슨 말씀이십니까?"

"집무실 쪽에 있는 콧수염은 상당한 고수인 것 같으니까 주
의하도록."

"걱정하지 마십시오. 지금 당장 뼈마디를 추려놓겠습니다."

"지금 말고 내가 나간 후에 해."

"나가신다고요? 어딜 가시는데요?"

"저 여자 보이지?"

"같이 춤추던 여자 말입니까?"

"그래, 저 여자. 나는 오늘 저 여자와 몸을 좀 풀어야겠다."

강태산의 말에 유태호와 최태양이 입을 떡 벌렸다.

작전에 돌입하면 누구보다 냉철한 보스가 여자에 혹해서 자리를 뜨겠다고 하자 놀란 모양이었다.

하지만 그들은 금방 표정을 바꾸고 심각한 표정을 지었다.

강태산의 눈이 깊게 가라앉아 있는 것을 확인했기 때문이었다.

최태양의 입이 열린 것은 강태산의 눈이 여자에게서 떨어지지 않고 있는 걸 확인한 후였다.

"보스. 저 여자가 오피움에서 제일 잘빠진 여잡니까?"

"네가 보기엔 어떠냐?"

"저야 만져보지를 못했잖습니까. 여자는 품어봐야 제대로 알 수 있는 것 아니겠습니까."

"맞는 말이야."

"안아보니까 어떻습니까?"

"내 본능과 물건이 괜찮다고 하더라."

강태산의 말에 최태양과 유태호의 눈이 동시에 빛났다.

대충 무슨 뜻인지 알아들었기 때문이었다.

그랬기에 최태양은 고개를 끄덕인 후 또다시 입을 열었다.

"저 새끼들은 어떻게 할까요?"

"내가 냄새를 잘못 맡았을 수도 있다. 그러니 전부 때려잡아. 특히 박성욱과 저기 콧수염은 심문실로 데려오도록."

"오늘 저녁에 오실 수 있겠습니까?"

"데이트한다고 했잖아. 그러니까, 너희들이 알아서 해. 죽이지는 말고."

"집 안에 있는 젓가락 개수까지 알아내지요. 그러니 걱정 말고 데이트나 잘하고 오십시오."

여자가 춤을 멈추고 홀 쪽으로 걸어오더니 미로 속으로 사라졌다.

그곳은 오피움의 사장인 박성욱이 들어간 곳이었다.

강태산의 얼굴에서 슬며시 쓴웃음이 피어올랐다.

예상이 맞자 웃음이 나왔다.

어쩐 일인지 자신의 직감은 위험한 상황과 상대의 마음을 짚어내는 특수한 능력을 수시로 보여준다.

유태호와 최태양을 미로가 보이는 곳에 배치시킨 후 강태산은 여자가 나오기를 기다렸다.

오래 걸릴 수도 있을 것이다.

하지만 그는 끈기 있게 그녀를 기다려 줄 생각이었다.

물론 힘으로도 때려잡을 수 있으나 그러고 싶지 않았다.

매력 있는 여자.

그녀가 누구라 해도 상관이 없었다.

자신의 물건이 배에 닿았어도 붉게 달아오른 눈으로 열기를 피워내는 여인은 힘보다는 물건으로 죽여주는 게 효과적이라는 생각이 들었다.

여자는 생각보다 훨씬 빠르게 미로를 빠져나와 홀을 건너 이 층으로 향했다.

아마, 룸으로 가려는 모양이었다.

강태산이 그녀의 손목을 잡은 것은 이 층으로 오르는 계단에서였다.

"잠시 말 좀 합시다."

"……."

손목을 잡힌 상태에서 그녀는 말없이 강태산을 쳐다보았다.

미리 알고 있기라도 했다는 듯.

낯선 남자에게 손을 잡힌다면 여자들은 일단 거부 반응을 보이는데 그녀는 더없이 가라앉은 눈으로 강태산을 쳐다보기만 했다.

예상외의 반응이었으나 강태산은 얼굴에 웃음을 지은 채 입을 열었다.

"난 당신이 마음에 듭니다. 우리 데이트나 합시다."

"무례하군요."

"진짜 사내는 가끔씩 무례를 저지르기도 하는 법입니다."

"이름이 뭐죠?"

"강태산."

"춤 한 번 춘 것 가지고 심하다고 생각하지 않나요?"

"우린 그냥 춤을 춘 게 아니니까요."

"그럼요?"

"감정의 교류를 나누었죠. 그리고 육체의 반응도 마찬가지고. 당신과 나는 궁합이 잘 맞을 것 같습니다."

"건방지군요… 그만큼 자신 있다는 뜻인가요?"

"물론."

"내가 누군지 알고 그런 행동을 하는 거죠?"

"당신이 누구라도 상관없습니다. 그저 나는 오늘 당신과 같이 있고 싶을 뿐이니까."

"대단한 배짱이네요."

"난 당신도 원한다고 생각했습니다. 만약 그렇지 않다면 지금이라도 당장 돌아가겠습니다."

강태산의 시선은 그녀의 눈에서 떨어지지 않았다.

심장을 금방이라도 불태울 것 같은 강렬한 눈빛.

지금까지 어떤 여자도 그의 이런 시선을 거절하지 못했다.

그녀의 얼굴에서 엷은 미소가 피어오른 것은 강태산의 손목이 그녀의 손을 놓았을 때였다.

"잠시만 기다리세요. 룸에서 가방을 가져올게요."

강태산은 그녀를 차에 태우고 곧장 근처에 있는 호텔로 향했다.

여자는 아무런 말도 하지 않고 그저 강태산의 행동을 지켜만 봤다.

아마, 지니고 있는 무력이 있으니 자신이 있었을 것이다. 그리고 오랫동안 남자 맛을 보지 못했을 수도 있다.

그러나 강태산은 그녀의 행동을 전혀 신경 쓰지 않고 호텔로 들어가 방값을 계산했다.

룸으로 올라간 후 곧장 강태산은 그녀의 입술을 점령했다.

호텔에 들어와 호구조사를 하면서 시간을 보낼 생각은 전혀 없었기 때문이었다.

시작은 강태산이 먼저 했지만 반응은 여자가 훨씬 더 뜨거웠다.

훅… 훅!

여자의 몸에서 열기가 피어올랐다.

절묘한 혀의 움직임.

강태산은 그녀의 입술을 점령한 후 사람의 감각 중에서 가장 예민하다는 그녀의 혀를 집중적으로 공략했다.

여자는 전희를 어떻게 하느냐에 따라 흥분도가 달라진다고 했는데 그녀는 강태산의 키스로 이미 반쯤 무너져 내리고 있었다.

샤워도 하지 않았다.

그도 그녀도 원하는 것은 따로 있으니 지금은 본능에만 충실할 뿐이었다.

처음에는 고양이 앓는 듯했던 여자의 신음 소리는 시간이 갈수록 길고 높아졌다.

그리고 절정으로 올라가자 비명처럼 날카로운 소리가 연속으로 터져 나왔다.

몸은 강태산에게 찰싹 달라붙었고 그녀의 팔은 목을 붙잡은 채 부르르 떨다가 강태산이 움직임을 멈추지 않자 더 이상 견디지 못하고 결국 고개를 떨어뜨렸다.

기절.

사람이 정신을 잃는다는 뜻이다.

여자가 섹스 중에 오르가즘이 주는 쾌감으로 기절을 하는 경우는 많지 않다.

하지만 강태산은 만나는 여자마다 기절을 시켰고 그런 여자들은 그를 신처럼 여기며 죽자 사자 따라다녔다.

그리고 지금의 그녀도 그것은 마찬가지였다.

한참이 지난 후 정신을 차린 그녀는 자신의 알몸을 가릴 생각도 없이 몽롱한 눈으로 강태산을 끌어안았다.

"정말 대단했어요. 당신 같은 사람은 처음이야."

"좋았다니 다행이군."

"당신은 좋지 않았나요?"

"나도 좋았어. 그런데 이름이 뭐야?"

"하지은."

"그거 말고 본명."

"무슨 뜻이죠?"

강태산의 질문에 반문하는 여자의 눈이 몽롱함을 천천히 벗어던졌다.

그러나 그녀를 바라보는 강태산의 눈은 여전히 부드러웠다.

"네 중국 이름이 뭐냐고 물은 거야."

질문이 끝나기도 전에 그녀의 손이 움직였다.

목을 끌어안고 있던 그녀의 손은 어느새 창처럼 세워져 강태산의 목 줄기를 노리고 있었다.

그러나 손은 빈 공간을 갈랐고 대신 강태산의 손이 그녀의 유방을 쥐었다.

"조금만 더 움직이면 가슴이 날아갈 수도 있다. 한쪽 가슴만 가진 채 살고 싶으면 마음대로 해도 좋아."

"넌 누구냐!"

"쯧쯧쯧……. 질문은 네가 하는 게 아니라 내가 하는 거야. 흑묘, 네 이름을 말해."

"으……."

"이렇게 분위기 좋은 데서 피를 보면 되겠어? 물론 나는 어디서도 피를 볼 수 있는 사람이지만 말이야."

"어떻게 내 정체를 알았지? 악!"

"가슴이 아주 예쁘군. 내가 분명히 경고했을 텐데, 말귀를 못 알아먹네. 다시 한 번 묻지. 본명을 말해."

"으… 링링……."

그녀가 고통을 참지 못하고 결국 자신의 이름을 댔다. 그러자 강태산이 그녀의 가슴을 슬그머니 놓아주었다.

"우리나라에는 너도 잘 알다시피 오성전자란 회사가 있다. 그리고 거기에는 최성환이라는 씨발놈이 근무를 했었지."

"으……."

말을 하는 동안 그녀의 시선이 조금씩 변하는 걸 확인한 강태산이 또다시 가슴을 움켜잡았다.

"그놈이 어디로 갔는지 말해. 그러면 다시 한 번 기절시켜 줄게."

"난… 몰라… 악!"

"네가 무예를 익혔다는 거 알아. 하지만 나에게 너 정도는 길가에 지나가는 개미 정도밖에 되지 않는다. 믿기지 않으면 시험해도 좋아."

"이걸… 놔줘……."

링링의 얼굴은 고통으로 일그러져 보기 힘들 정도였다. 남자는 물건이 급소지만 여자는 가슴이 급소 중의 급소다.

급소란 인체에서 가장 취약한 곳을 말하는 것인데 강태산은 링링의 가슴을 장악한 채 꼼짝 못 하게 만들고 있었다.

그랬기에 그녀는 고통을 호소하며 간절한 눈빛으로 강태산을 바라보았다.

하지만 강태산이 가슴을 놓아주자 기다렸다는 듯 그녀는 뒤쪽으로 몸을 구르며 침대를 빠져나간 후 이를 갈았다.

"죽여 버리겠어!"

알몸이었으나 그녀는 수치스러움을 전혀 느끼지 않고 곧장 침대에 누워 있는 강태산을 향해 날아올랐다.

쐐액!

강력한 찍어 차기.

날카롭다 못해 한기가 서릴 정도의 일격이었다.

하지만 그녀는 단 한 번의 공격을 한 후 강태산의 손에 의해 붙들려 조금 전의 상황으로 돌아갔다.

강태산의 손은 여전히 그녀의 가슴을 붙잡은 채 그녀를 애무하듯 끌어안았다.

"내가 뭐라고 했어. 한 번 시험은 용서해 주겠다. 하지만 다시 한 번 기어오르면 정말 피를 보게 될 거야."

"으……."

"지금쯤 오피움에 있던 삼합회 놈들은 일망타진되었을 거다. 아마 박성욱과 미로를 지키던 콧수염은 지옥을 맛보고 있겠지. 내 말 무슨 뜻인지 알아듣겠어? 네가 말하지 않아도 그 놈들을 통해서 충분히 알아낼 수 있다는 뜻이야."

"거짓말!"

"역시 내 말을 못 믿는군. 경찰에 있는 뒷배를 믿는 모양인데 그놈은 우리에게 벌레만도 못한 놈이다. 지금부터 하는 이야기는 박성욱과 콧수염이 실토한 걸로 해주지. 그러니까 사실대로 말해도 돼."

강태산이 말을 끝내면서 그녀의 몸에 올라탔다.

그런 후 곧장 그녀의 속살에 물건을 집어넣었다.

반항하려 했지만 이미 강태산의 우람한 물건은 그녀의 몸으로 들어가 꿈틀거리는 중이었다.

"아……."

"천국과 지옥은 한 뼘 차이라고 하지. 최성환이 어디로 갔는지만 말해. 그러면 너에게 천국을 선사해 줄 테니까."

*   *   *

강태산이 국장실로 들어서자 최 국장이 손짓으로 소파에 앉으라는 시늉을 했다.

그의 옆에는 처음 보는 얼굴이 있었는데 오십 후반의 중후한 인상을 가진 사내였다.

가볍게 목례를 한 강태산이 편한 자세로 자리에 앉자 최 국장이 사내를 소개시켜 주었다.

"오성전자의 염우식 부사장님이시다. 인사해."

"안녕하십니까. 강태산입니다."

"반갑습니다."

염우식이 이 자리에 온 것은 강태산의 요청에 의한 것이었다.

그랬기에 강태산은 그를 잠시 바라보다가 천천히 입을 열었다.

"IX—500에 대해서 몇 가지 물을 것이 있어서 모셨습니다."

"말씀하십시오."

"최성환은 이미 일주일 전 홍콩으로 밀항해서 떠난 상탭니다. 지금 쫓아가도 늦는다는 뜻이죠. 그렇지 않습니까?"

"최성환이 개발 책임자지만 IX—500을 전부 꿰뚫고 있는 것은 아닙니다. 더군다나 우리 회사에서는 만약의 사태를 대비해서 IX—500에 암호장치를 여러 개 설치해 놨고 절대 복사할 수 없도록 조치했습니다."

"그 말은 조금 어폐가 있는 것 같군요. 최성환은 IX—500의 프로그램을 복사해서 나온 걸로 아는데요?"

"맞습니다. 하지만 그건 그가 복사할 수 있는 패스워드를 가지고 있기 때문이었습니다. 우리 회사가 보유한 인공지능 컴퓨터는 패스워드를 지닌 사람에 한해서만 복사를 할 수 있게 되어 있습니다."

"그 복사본을 다시 복사한다면요?"

"그건 안 됩니다. IX—500의 프로그램 안에는 재복사 방지

프로그램이 별도로 내장되어 있기 때문에 절대 복사할 수 없습니다."

"그렇다면 최성환은 그걸 왜 가지고 나간 겁니까?"

"그놈의 뒤에는 분명 중국의 반도체 회사가 있을 겁니다. 우리는 D&S를 의심하고 있습니다. 놈들은 지금까지 여러 번 실패를 했지만 늘 우리의 신기술을 노리고 있었습니다."

"음… D&S!"

염우식이 말한 중국의 반도체 기업 D&S는 요즘 한창 오성전자를 추격하고 있는 회사로 중국 정부가 온갖 혜택을 주면서 전략적으로 키우는 국제적인 기업이었다.

"최성환이 가지고 나간 메모리 칩은 컴퓨터에서는 작동이됩니다. 만약 놈이 D&S에 넘긴 게 사실이라면 중국의 반도체 전문가들이 전부 달라붙어 IX—500을 해체할 겁니다."

"그 전에 찾아야 된다는 뜻이군요."

"그렇습니다."

"놈들이 IX—500을 해체하는 데 걸리는 시간은 얼마나 됩니까?"

"길어봐야, 한 달이면 충분할 겁니다. 놈들의 반도체 기술은 우리보다 크게 떨어지지 않는 수준입니다. IX—500은 대한민국의 미래가 달려 있습니다. 그러니 반드시 찾아주십시오."

염우식이 간절한 눈으로 강태산을 바라보았다.

그의 시선에는 오성전자에 대한 걱정보다 신기술이 유출되면서 발생하게 될 대한민국의 불행한 미래를 진심으로 걱정하는 격한 감정이 담겨 있었다.

그랬기에 강태산은 그를 향해 묵직한 음성을 토해냈다.

"반드시 찾아오겠습니다. D&S를 전부 해체시키는 한이 있어도 꼭 찾아올 테니 나중에 술이나 진하게 사십시오."

＊   ＊   ＊

삼합회는 국제 범죄 조직으로 홍콩과 대만에 기반을 두고 태동했지만 지금은 본토뿐만 아니라 중국인이 있는 곳이라면 어디든지 기생했다.

청나라에 대항하기 위해 조직된 백련교를 그 시조로 하고 있으며, 삼합회라는 명칭은 홍방의 한 세력인 홍문회라는 비밀결사가 삼각형의 깃발을 사용하는 걸 본 유럽인들이 이를 보고 삼합회라고 부른 데서 유래되었다

현재 활동하는 조직은 무려 50여 개로서 '죽문'은 그중에서도 가장 강하고 거대한 조직으로 알려져 있었다.

'죽문'의 홍콩 지부장 엽청이 홍콩호텔에서 중국의 정보기관 국안부의 한국 담당관 이자황을 만난 것은 점심 무렵이었다.

국안부는 해외 공작 및 정보 수집, 첨단 기술 수집 등 수많

은 일들을 했는데 이번 IX─500 프로젝트도 그들이 주도한 일이었다.

뒤늦게 도착한 이자황이 반갑다는 얼굴을 했으나 엽청의 표정에는 웃음이 담기지 않았다.

그랬기에 이자황은 궁금함을 숨기지 못했다.

"표정이 굳어진 걸 보니 일이 생긴 모양이오?"

"그렇소."

"무슨 일인데 그런 얼굴을 하고 있는 거요?"

"한국에 나가 있던 우리 조직원들이 전부 경찰에 연행되었소. 알고 계시오?"

엽청의 날이 선 질문에 이자황이 부드러운 미소를 지었다.

국안부의 힘은 날아가는 새도 떨어뜨릴 정도로 막강했으나 엽청은 절대 얕볼 인물이 아니었다.

죽문의 홍콩 지부장은 수하에 있는 수하만도 천 명이 넘었다.

더군다나 그들 중에는 정체를 알 수 없는 전문 킬러들도 셀 수 없이 많기 때문에 섣불리 각을 세울 경우 쓸데없는 희생이 따를지도 몰랐다.

하지만 그는 국안부의 실세 중의 실세였으니 엽청 정도에게 겁을 먹는 인물은 아니었다.

"난 또 무슨 큰일이 생긴 줄 알았소. 그거라면 너무 걱정하지 마시오. 곧 손을 쓸 테니."

"오피움에서 헤로인이 나왔고 몇 놈도 현장에서 체포되었다고 합디다. 빠져나갈 구멍이 없는데 그래도 괜찮단 말이오?"

"당신은 나를 믿지 않는 모양이군."

"나는 내 눈으로 확인된 것만 믿소."

"한국 경찰에는 우리 돈을 받아먹는 놈들이 아주 많소. 그건 정치권도 마찬가지고. 기다리시오. 그러면 곧 좋은 소식을 전해줄 테니."

"이번 프로젝트에 핵심 역할을 맡았던 정청과 박성욱이 연락이 닿지 않소. 다른 놈들은 전부 감옥에 있는데 그놈들만 없어. 그것도 확인해 주시오."

"그러지요. 그런데 당신은 그걸 어떻게 알았소?"

"흑묘가 운 좋게 빠져나왔기 때문이오."

"그건 다행이군."

"기분이 좋지 않소. 그동안 잠잠하던 경찰이 움직였다는 건 한국 내에 방패막이 엷어졌다는 걸 의미하는 것 아니겠소?"

"놈들은 우리에게 약점이 잡혀 있어서 함부로 배신하지 못한다는 걸 당신도 잘 알잖소. 옛날부터 놈들은 그랬지. 아주 오래전부터 그 민족은 돈만 주면 뭐든지 하는 놈들이 쌔고 쌨어. 특히 권력이 있는 놈들은 더욱더 그렇고. 그놈들에게 입김을 넣으면 금방 해결될 테니 기다리시오."

이자황의 얼굴은 자신감에 차 있었다.

지금까지 한국 내에서 발생된 문제가 해결되지 않은 적은 한 번도 없었다.

중국 정부가 키우는 조선의 개들이 높은 자리에서 그들을 위해 끝없이 짖어줬기 때문이었다.

그런 사실을 알기에 엽청의 얼굴이 슬그머니 풀렸다.

하지만 그의 목소리는 여전히 차가웠다.

"그나저나, 잔금은?"

"그쪽에서 조만간 당신네 계좌로 넣어줄 거요."

"서두르라고 하시오. 우린 기다리는 걸 질색으로 하는 사람들이니까."

"그대로 전해주지."

"그럼 볼일은 다 본 것 같으니 일어섭시다. 어차피 오래 앉아 있어 봐야 유쾌한 사이도 아니잖소."

"잠깐, 최성환은?"

"지금쯤 바닷속의 물고기들이 배불리 먹고 있을 거요."

엽청이 커피숍을 나가자 이자황의 시선이 날카롭게 변했다.

그는 엽청 앞에서는 부드러운 표정을 유지했지만 자리에 혼자 남게 되자 더없이 냉정한 얼굴로 변했다.

잠시 후, 그의 앞으로 다가온 삼십 대 후반의 남자는 그의 심복이자 오른팔인 마훙이었다.

"한국의 움직임은 여전히 없나?"

"아직까지는 특별한 움직임이 없습니다."

"저 새끼들을 잡아넣은 것이 정말 마약 때문인지 알아봤어?"

"예, 우리 정보팀의 보고에 따르면 현장에서 적발했다고 합니다."

"이상해, 아무래도 기분이 좋지 않아."

"왜 그러십니까?"

"지금까지 한국의 마약국에서 아무리 뒤져도 오피움은 건드리지 못했다. 미리 정보가 새어 나왔기 때문에 철저히 관리했기 때문이지. 그런데 이번에는 작정한 듯 때려잡았어. 뭔가 이상하지 않아?"

"그렇지 않아도 9호한테 알아보라고 해놨습니다. 그가 움직이면 곧 정보가 들어올 겁니다."

"개새끼, 돈을 처먹었으면 밥값을 해야지 이렇게 되도록 뭐하고 자빠졌던 거야!"

9호라 불린 인물은 분명 그들의 대화 내용으로 봤을 때 대한민국 경찰의 고위직 간부가 틀림없었다.

그럼에도 이자황은 마치 기르던 개처럼 서슴없이 그에게 욕설을 퍼부었다.

마홍이 슬그머니 입을 연 것은 이자황의 뜨거웠던 콧김이 줄어들었을 때였다.

"통화를 해보니까 새까맣게 모르고 있었습니다. 다른 줄에서 움직인 것 같습니다."

"그래서 이상하다는 거다. 그동안 잘 가동되던 줄이 끊어졌다는 건 분명 꺼림직한 일이야."

"정말 엽청의 말처럼 놈들을 꺼내줄 생각이십니까?"

"지금은 죽문을 열 받게 할 필요가 없다. 앞으로도 효용 가치가 무궁무진한 놈들이니까 약속한 대로 꺼내줘. 대신 소리 소문 없이 해야 되니까 신경 바짝 쓰고. 한국 놈들은 언론이 떠들면 골치 아파진단 말이다."

"그러겠습니다."

"그리고 혹시 모르니 잠시 동안 삼합회와의 관계는 완전히 끊어버려. 우리가 관계되었다는 게 알려지면 곤란해진다."

"한국 정부에서는 알아도 아무 짓 하지 못할 겁니다. 그저 몇 마디 징징대다가 그만두겠지요."

"그놈들 때문이 아니야. 그동안 우리가 여러 군데에서 신기술을 빼 왔기 때문에 양코쟁이들 신경이 바짝 서 있어. 우리가 이번에도 그랬다는 걸 알면 국제사회에서 제제를 해야 된다는 둥 지랄을 떨 거란 말이다."

"알겠습니다. 확실하게 조치해 놓겠습니다."

"정말 한국 놈들은 이해할 수가 없어. 그 정도의 신기술이 유출되었다면 목숨을 걸고서라도 찾겠다고 길길이 날뛰어야 되는데 지금까지 아무 움직임이 없단 말이지. 뭔가 이상해."

"상대가 우리라는 걸 눈치챘을 겁니다. 괜히 찾지도 못할 거면서 떠들어봤자 지들만 바보가 될 테니까 조용히 있는 거겠지요."

"하긴, 그놈들이 뭘 어쩌겠어. 늘 얻어터지기만 했으니 이번에도 참을 수밖에."

제7장
죽문

홍콩공항.

짙은 선글라스를 낀 강태산은 공항을 빠져나오며 고개를 들어 홍콩의 하늘을 바라보았다.

푸르다, 그리고 아름답다.

하지만 그는 곧 시선을 내린 후 옆으로 다가온 서영찬을 향해 묵직하게 입을 열었다.

"대원들은?"

"호텔에서 대장님을 기다리고 있을 겁니다. 둘은 구룡호텔에 있고 나머지는 홍콩호텔로 들어갔습니다."

"장비들 확실히 챙겼지?"

"챙기긴 했는데 쓸 일이 있겠습니까?"

"영찬, 이번 일이 그냥 산업스파이 짓인 것 같나?"

"…중국 정부를 생각하시는군요."

"그렇다, 분명히 그 새끼들이 개입되어 있을 거다. 우리가 일을 끝내면 그놈들이 나설 가능성이 커."

"씨발놈들, 해보라고 하죠. 이번 기회에 덤비면 싸그리 죽여 버립시다."

서영찬이 차가운 냉소를 날렸다.

그는 오히려 중국 정부가 개입하는 걸 바라는 눈치였다.

그는 강태산보다 두 살이 더 많았는데 성격이 불같은 남자 였다.

뒤를 돌아보지 않는 성격.

한번 화가 나면 자신의 목숨조차 돌보지 않고 적들의 씨가 마를 때까지 싸우는 사람이 바로 그였다.

지옥에서 온 사자. 철혈을 지녔다고 할 정도로 무모한 용 기.

거기에다 일격필살의 사격술과 전투 능력은 발군 중의 발 군이었다.

그래서 강태산은 그를 좋아한다.

사내가 되어 이것저것 재면서 눈치를 보는 건 죽기보다 싫 어했기 때문에 강태신은 시영찬의 불같은 성격을 언제나 높 이 쳐줬다.

하지만 작전이 시행될 때는 철저하게 그를 통제했다.

불같은 성격으로 작전을 망친다거나 목숨을 잃는다는 것은 절대 있어서 안 되기 때문이었다.

강태산은 그의 말을 들으며 유쾌한 웃음을 흘려냈다.

그러고는 천천히 걸어서 택시들이 늘어서 있는 곳으로 걸어갔다.

"날씨 참 좋다. 사람 죽이기에는 딱 좋은 날이야!"

택시를 타고 홍콩호텔로 들어선 강태산은 신혼여행 온 것으로 위장한 유태호와 차지연이 머무는 1203호로 곧장 들어섰다.

그곳에는 강태산이 도착했다는 연락을 받고 최태양과 유상철, 설민호가 모여 있었다.

정체를 숨기는 것은 기본.

그들은 복도에 있는 CCTV를 완벽하게 처리한 후 들어왔기 때문에 혹시 나중에 이곳을 조사한다 해도 증거는 하나도 남지 않을 것이다.

홍콩으로 들어온 것도 일부는 배를 탔고 일부는 시간 차를 두어서 비행기를 탔다.

신분도 확실히 위장했기 때문에 만약 문제가 생겨도 빠져나갈 퇴로는 완벽하게 마련해 놓은 상태였다.

강태산은 중앙에 있는 티 테이블에 앉은 후 차지연이 타 온 커피 잔을 입으로 가져갔다.

차지연은 언제 어디서나 강태산이 자리에 앉으면 그가 좋아하는 일회용 커피를 가져다준다.

스물일곱.

꽃다운 나이는 지났지만 새신부로 위장한 차지연은 마치 대학생으로 보일 만큼 어려 보였다.

날씬한 몸매와 청순한 외모.

하지만 그녀의 진면목은 무서우리만치 차갑다.

각종 전자전과 IT 쪽에 전문가 뺨치는 능력을 지녔고 현천기공의 증진이 가장 빨라 격투술로도 남자 요원들에게 절대 뒤지지 않았다.

강태산의 입이 열린 것은 그녀가 차분하게 침대로 다가가 앉았을 때였다.

"최성환은 삼합회 중에서 가장 세력이 강하다는 죽문의 손에 들어갔다. 그놈을 인수받은 것은 엽청이란 놈으로 홍콩 지부장이다."

"엽청을 먼저 잡아야겠군요."

"그렇다. 문제는 놈에게 일정한 거처가 없다는 거야."

"정보팀에서도 모른단 말입니까?"

"이것이 정보팀에서 나에게 준 전부다. 돌려서 보도록."

강태산이 안주머니에서 봉투를 꺼내 자신에게 질문을 했던 설민호에게 던졌다.

설민호는 강태산과 나이가 같았는데 머리 돌아가는 게 비상해서 한 마디를 하면 열 마디를 알아듣는다.

그가 천천히 봉투에서 꺼낸 것은 사진 한 장과 간단한 메모지뿐이었다.

"설마, 이거 가지고 엽청을 잡으란 말입니까?"

"그게 다란다. 워낙 베일에 숨어 있는 놈이라서 어쩔 수 없었던 모양이다."

"시간 좀 걸리겠군요."

"최성환이 사라진 지 열흘이 지났으니 우리에게 남은 것은 이십 일뿐이다. 그것도 최대한 늘려서 잡은 것이야. IX—500이 파헤쳐지면 되찾은 것은 의미가 없어지기 때문에 작전은 14일까지 마무리 짓는다."

강태산의 지시를 받은 요원들의 얼굴이 굳어졌다.

14일이라면 불과 11일밖에 남지 않았기 때문이었다.

그럼에도 그들은 아무도 불만을 터뜨리거나 질문을 하지 않았다.

"우리는 먼저 삼합회의 하부 조직을 소리 소문 없이 때려잡아 엽청의 행방을 알아낸다. 질문 있나?"

"없습니다."

"민호와 태양은 침사추이, 상철과 영찬은 중환, 그리고 나머지는 나와 함께 통로완으로 간다. 누구라도 먼저 엽청의 행방을 알게 되면 요원들에게 지급으로 연락을 한 후 곧장 때려잡는다."

강태산은 요원들에게 지시를 내린 후 곧장 통로완으로 이동했다. 통로완은 우리나라로 비교했을 때 신촌과 같은 곳이다.

홍콩의 특성은 밤 문화가 엄청 발달해서 거의 모든 사람이 거리로 쏟아져 나온다는 것이었다.

강태산이 통로완을 선택한 것은 최성환이 '드래곤 노즈'로 보내졌다는 흑묘의 말 때문이었다.

'드래곤 노즈'는 통로완에서 가장 큰 고급 클럽으로 죽문의 중요한 수입원 중 하나였다.

천천히 문을 열고 들어서자 은은한 재즈 음악이 장내를 적시며 흐르고 있었다.

화려한 장식, 거의 이백여 평에 달하는 홀에는 사람들로 가득 차 있었는데 고급 술집답게 사람들의 옷차림도 훌륭했다.

하지만 강태산의 눈은 다른 곳을 향하고 있었다.

"태호, 난 지연이하고 술 한잔할 테니까 놈들 사무실이 어딘지 알아봐."

"알겠습니다."

짧은 대답을 남기고 유태호가 사라지자 지배인으로 보이는 사내가 그들을 향해 다가왔다.

징중한 행동.

사내는 품위 있는 모습으로 그들을 빈자리로 안내했는데

직접 주문까지 받은 후 돌아갔다.

차지연의 앵두 같은 입술이 열린 것은 그녀가 주문한 진홍색 코스모폴리탄이 앞에 놓였을 때였다.

"왜 나와 부부가 되지 않았어요?"

"뭔 소리냐?"

"이왕 변장할 거면 태호 대신 대장님이 신랑으로 하지 그랬어요."

"별소릴 다 한다."

"정말 대장님 눈에는 내가 여자로 안 보여요?"

"또 시작이구나."

"다른 여자랑은 잘 사귄다면서 나하고는 안 하는 이유가 도대체 뭐예요?"

"작전 중이다. 까불지 마라."

"됐고, 이번 작전 끝나면 우리 한번 진지하게 사귀어봅시다."

차지연이 눈을 빛내며 강태산을 노려봤다.

하지만 강태산은 쓴웃음만 지으며 무대에서 노래하고 있는 여가수에게 시선을 돌렸다.

한두 번 겪은 일이 아니기 때문이었다.

마치 여대생처럼 청초한 외모를 지닌 차지연은 외모답지 않은 성격으로 벌써 2년 전부터 강태산에게 끝없이 들이대고 있었다.

처음부터 그런 건 아니었다.

차지연의 대시는 아프카니스탄 작전 때 강태산이 그녀의 목숨을 구해주면서 시작되었는데 시간이 지나자 점점 그 강도가 심해졌다.

그럼에도 강태산은 끄떡도 하지 않았다.

그녀는 절대 그래서는 안 되는 존재였다.

동일 선상에 목숨을 늘어놓고 살아가는 사람들 사이에 사적인 감정을 가진다는 것은 이성을 마비시키고 올바른 판단을 내리지 못하게 만드는 마법을 부리기 때문이었다.

더군다나 그녀는 곧 이 세계를 떠나야 되는 사람이었다.

여자로서 이만큼 했으면 충분하다.

"대장님, 사무실은 3층입니다. 그런데 경계가 삼엄합니다."

"몇 명이나 있지?"

"여덟인데 아무래도 이놈들이 총을 가지고 있는 것 같습니다. 앞가슴하고 옆구리가 심상치 않습니다."

"재미있군. 삼합회가 홍콩에서는 경찰보다 더 세다더니 별걸 다 가지고 있구나."

"시내에서 총격전이 벌어지면 곤란한 일이 생기게 될 겁니다."

"네 눈에는 여기가 전쟁터로 안 보이는 거냐. 사람이 사는 세상은 온통 전쟁터다. 그리고 이놈들은 우리를 상대로 싸움을 걸어왔어. 싸움을 걸어오는 놈이 있다면 그곳이 어디라도 전쟁터인 거야."

"그렇다 해도 얌전하게 잠재우는 것이 좋겠습니다. 언제 가시겠습니까?"

"지금. 우린 시간이 없으니 서둘러야겠다."

"지연이는요?"

"쟤가 혼자 있겠어?"

"알겠습니다."

유태호가 묻는 말에 차지연이 눈을 번뜩이며 째려보자 강태산이 쓴웃음을 지었다.

유태호는 그러면 안 된다는 것을 알면서도 가끔가다 차지연을 건드려 스스로 무덤을 파는 경우가 많았다.

강태산이 일어나자 나머지 두 사람이 그 뒤를 따랐다.

서두르지 않는 발걸음.

그들은 홀을 가로지르며 걸었는데 너무 여유가 있어 누군가를 때려잡기 위해 가는 사람들로 보이지 않았다.

3층으로 걸어 올라가자 유태호의 말대로 여덟 명의 사내가 여기저기에서 경계를 서고 있는 것이 보였다.

앞장선 강태산에게 말을 붙여온 것은 계단과 가장 가까운 곳에 있었던 놈이었다.

"당신들 누구야?"

"사무실에 볼일이 있어서 왔다. 사장 있나?"

사내가 경계를 풀지 않으면서도 대뜸 얼굴을 찌푸리지 않은 것은 강태산의 표정이 너무나 태연했기 때문일 것이다.

"약속을 하고 왔나?"

"아니, 그냥 왔다."

"사전에 약속이 되어 있지 않으면 만날 수 없어. 그러니 그냥 돌아가라."

"이봐, 우린 중요한 상담을 하기 위해 온 사람들이다. 까불지 말고 사장에게 안내해."

"돌아가라니까!"

"이 새끼들은 좋은 말로 할 때는 꼭 말을 듣지 않는단 말이야."

강태산이 중얼거리자 그것이 신호가 된 듯 뒤쪽에 대기하고 있던 유태호와 차지연이 동시에 튀어나왔다.

그들의 얼굴은 어느새 검은 마스크를 쓰고 있었는데 경계를 서던 놈들을 향해 벼락처럼 몸을 날리며 공격을 개시했다.

놈들은 총을 가지고 있었지만 오랜 시간 사용하지 않은 듯 곧바로 빼 들지 않았다.

영업장에서 불청객이 나타났다고 무작정 총질을 한다는 것은 아무리 삼합회라도 말이 되지 않는 일이다.

더군다나 사내들은 계단을 타고 올라온 자들이 단 셋에 불과했고 그중 한 명은 여자였기에 경계심을 완화시켰던 것이 분명했다.

그러나 그것은 치명적인 실수였다.

대한민국 최고의 비밀 병기 청룡은 처음부터 그들의 상대가 아니었다.

유태호가 오른쪽에 서 있던 세 명을 처리하는 동안 차지연은 순식간에 왼편에 있던 네 놈을 박살 냈는데 오히려 시간은 그녀가 더 짧았다.

불과 1분도 걸리지 않은 싸움.

강태산의 앞을 가로막은 채 말을 걸어왔던 놈은 아예 싸움에 가담할 생각조차 하지 못하고 금방이라도 기절할 것 같은 표정을 짓다가 뒤늦게 가슴에 손을 집어넣었다.

하지만 놈은 총을 뽑을 수 없었다.

강태산이 사내의 손목을 꺾어버렸기 때문이었다.

"아악……!"

사내의 입에서 찢어질 듯한 비명 소리가 새어 나왔다.

놈은 꺾어진 오른 손목을 감싸고 고통에 찬 비명을 질렀다. 얼마나 고통이 심했던지 그의 얼굴은 시뻘겋게 변해 있었다.

"우리가 찾아갈 수도 있으나 너에게 기회를 주겠다. 사장에게 안내해."

"으……."

사내는 고통 속에서도 강태산을 바라보다가 금방 시선을 회피하고 몸을 틀었다.

놈을 향하고 있는 강태산의 눈은 어느새 싸늘하게 가라앉아 있었는데 마치 지옥의 사신처럼 느껴질 정도였다.

놈의 안내에 의해 간 곳은 맨 끝에 있는 방이었다.

문을 열고 들어서자 서늘한 에어컨 바람이 몰려나왔다.

시원함.

홍콩의 뜨거움과 다른 시원함이 묻어나는 사무실은 최고급 집기들로 가득 채워져 있었다.

강태산의 입이 불쑥 열린 것은 사무실에 들어서서 앉아 있던 자를 확인한 후였다.

40대 초반으로 보이는 남자는 갑자기 문이 열리자 당황스러운 얼굴을 감추지 못했는데 무릎에는 아름다운 여자가 불청객이 들어왔는지도 모르고 앞뒤로 몸을 흔들며 열락에 찬 신음을 흘리는 중이었다.

"의자 좋고, 그림 좋고. 정말 홍콩은 홍콩이야. 이 새끼 아무 데서나 여자를 홍콩에 보내고 있구만. 어이, 물건 꺼내지 말고 그냥 계속해. 오랜만에 좋은 구경이나 해보자."

*   *   *

'청라'.

서초동에 있는 일식집 청라는 서울중앙지검과 불과 5㎞밖에 떨어지지 않은 곳으로 점심 특선 메뉴가 일인당 7만 원이었다.

물론 회를 단품으로 별도 주문한다면 가격은 더욱 높아지겠지만 이곳에서 점심을 먹는 사람들은 대부분 특선 메뉴를 찾는다.

그럼에도 다른 곳에 비한다면 꽤 비싼 집이라 찾는 사람은 그리 많지 않았다.

손님이 없다고 해서 장사가 안된다는 뜻이 아니다.

차별화된 고위층의 손님들이 찾아오면서 이곳은 서초의 명소가 된 곳이었다.

청라에 서울중앙지검의 제3차장 김영식이 급하게 들어온 것은 12시 반이 훌쩍 넘은 시간이었다.

들어오면서 이곳 매니저인 김초령을 향해 눈짓을 하자 그녀는 대답조차 하지 않고 곧장 발길을 돌려 그를 안내했다.

문을 열고 들어서자 상석에 검사장 박만호가 설중매를 혼자 마시는 것이 보였다.

"검사장님, 어쩐 일로 혼자 술을 드시고 계십니까?"

"갑자기 불러서 놀랐겠구만."

"아닙니다."

"식사는?"

"그냥 왔습니다. 저도 여기서 먹겠습니다."

"잘됐군. 그러지 않아도 자네 것까지 시켜놨었는데 다행이야. 한잔 받겠나?"

"주십시오."

어떤 조직에도 줄이라는 게 있다.

줄을 어떻게 잘 잡느냐에 따라 출세가 보장되고 명예가 생기는데 김영식에게는 중앙지검장 박만호가 그런 사람이었다.

어렸을 때 초임 검사 시절부터 박만호는 상관이었고 언제나 그가 승진하는 데 힘을 써줬기 때문에 김영식에게는 친형과 같은 존재였다.

박만호가 건네준 술을 단숨에 마신 후 회를 한 점 집어 입 속으로 넣은 김영식이 몇 번 우물거리다 삼켰다.

그가 입을 연 것은 박만호가 말없이 자신을 바라보고 있는 걸 확인한 후였다.

"검사장님, 제가 잘생긴 건 알지만 너무 그렇게 빤히 바라보시면 무안하잖습니까. 그러지 말고 말씀하시죠."

"김 차장, 어려운 일 좀 해야겠다."

"검사장님이 하라면 저는 뭐든 합니다. 고민이 있는 것 같은데 제가 처리하겠습니다."

"이번에 오피움에서 잡혀 들어온 놈들이 있어. 알고 있지?"

"알고 있습니다."

"누구 짓이냐?"

"보건복지부 쪽에서 움직였습니다. 사전에 아무런 통보도 없이 움직였기 때문에 우리 쪽에서는 전혀 손을 쓸 수 없었습니다."

"보건복지부라……."

대답을 들은 박만호가 실눈을 뜨면서 가볍게 책상을 두들졌다.

뭔가를 생각할 때 그가 자주 하는 버릇이었다.

마약 단속은 경찰이나 검찰이 주로 하지만 보건복지부 쪽에서도 깊이 관여하는 분야였다.

물론 그들은 사법권이 없기 때문에 첩보가 들어오면 경찰과 공조해서 범인을 체포하곤 했다.

그럼에도 이상하다.

그동안 보건복지부에서 움직일 때는 검찰 쪽과 사전 협조를 했는데 이번에는 전혀 그런 것이 없었다.

"혹시 그놈들이 움직인 이유를 알아?"

"전화 제보를 받았답니다. 현장에서 헤로인이 나왔기 때문에 경찰에 연락해서 곧바로 연행을 했다고 합니다."

"잡힌 놈들은 어디에 있지?"

"서초경찰서에 있습니다."

"몇 명이냐?"

"스물다섯 명입니다. 지금 조사 중입니다."

"언론은?"

"아직 발표되지 않았습니다."

"그럼 김 차장이 움직여 봐. 놈들 중에 중국 국적을 가진 자들이 있을 거다. 그놈들만 빼내."

"조사 중인 놈들을 말입니까?"

"외교적인 문제를 들먹이면 어느 정도 먹힐 거야."

"아무래도 이번에는 기분이 찜찜합니다. 검사장님, 조금 더 두고 보시는 게 어떻겠습니까?"

"나도 그렇게 생각하고 있어. 그런데 그 새끼들이 계속 압박을 해오는 모양이다. 영감님이 여간 곤혹스러워하시는 게 아니야."

박만호의 설명에 김영식의 얼굴이 일그러졌다.

그는 반포에 있는 58평짜리 집에서 살고 있었다.

더군다나 강남에 상가도 세 개나 가지고 있었기 때문에 재산이 꽤 되었다.

워낙 가난한 집안에서 태어났고 처갓집도 부유하지 않았는데도 그가 그런 재산을 모을 수 있었던 것은 모두 박만호로 인해서였다.

언제부턴가 박만호가 지시하는 일을 처리하고 나면 꽤 커다란 금액이 답례로 돌아왔다.

검사 월급으로는 상상하지 못할 만큼 커다란 돈이.

그가 박만호로부터 받은 돈의 출처를 알게 된 것은 차장검사로 승진한 후였다.

돈의 출처가 중국 정부라는 걸 아는 순간 머리가 하얗게 비는 걸 느꼈으나 며칠간의 고민을 접고 현실에 순응하는 것으로 결심을 굳혔다.

'만리장성'.

친중 세력으로 이루어진 비밀 조직은 정치와 경제, 정부의 각

주요 부서에 걸쳐 분포되어 있다는 것을 알았기 때문이었다.

세계 최강으로 떠오르는 중국.

지금은 비록 대한민국이 미국의 속국처럼 지내고 있지만 세계경제의 흐름 속에서 중국의 영향력은 대한민국 전반에 걸쳐 무섭게 성장하고 있는 중이었다.

그랬기에 작정을 하고 만리장성에 가입했다.

워낙 극비리에 회원들이 관리되기 때문에 회원의 정체를 알 수 없었지만 검찰 내부의 존재들만으로도 대한민국을 들었다 놨다 할 수 있을 만큼 강한 인맥이 형성되어 있다는 것 정도는 눈치챌 수 있었다.

그랬기에 그는 박만호의 강한 눈빛을 받은 후 천천히 입을 떼었다.

"알겠습니다. 제가 처리하지요. 어차피 마약에 관한 것들은 모두 우리가 관장하게 되어 있으니 별문제는 없을 겁니다."

*   *   *

박무현 대통령이 현충일을 맞이해서 국립묘지를 방문한 것은 오전 10시 무렵이었다.

수행한 사람들은 정부의 주요 인사들을 포함해서 수십 명에 달했다.

일명 '무궁화'라고 불리는 우익 단체의 회장 정의수가 대통령 옆에 다가온 것은 모든 행사가 끝나고 난 후였다.

모든 사람을 물리치고 잠시 쉬겠다며 현충원 안에 있는 휴게실로 들어갔기 때문에 보는 사람은 아무도 없었다.

물론 경호원들이 있었지만 대통령이 직접 괜찮다는 손짓을 해서 휴게실에 있는 건 오직 둘뿐이었다.

CRSF를 이끌고 있는 정의수는 야당이 극렬하게 비난하고 있는 극우 단체의 회장이란 타이틀을 가지고 있었다.

그는 칠십이 훌쩍 넘었으나 아직도 육십 대처럼 정정한 모습이다.

"대통령님, 놈들이 움직였습니다."

"누구던가요?"

"서울중앙지검의 제3차장입니다."

"그 위도 있겠지요?"

"그는 박만호의 비호를 받고 커온 잡니다. 분명 박만호도 관련되어 있는 것 같습니다."

"정 의장님은 검찰 내에서 박만호가 제일 윗선이라고 생각하십니까?"

"아닙니다."

"그렇다면 더 있다는 말씀인가요?"

"저는 검찰청장도 의심이 됩니다. 박만호는 검찰청장의 직계 라인입니다."

정 의장이 심각한 얼굴로 말을 하자 대통령이 놀란 눈을 만들었다.

검찰총장까지 개입되어 있다면 검찰 전체가 친중국 세력으로 도배가 되었다는 뜻이기 때문이었다.

"…검찰청장은 제가 직접 임명한 사람입니다. 그는 강직하기로 소문났는데 설마 그럴 리가……."

"사람의 속은 모르는 법입지요. 국가의 안위가 달린 일입니다. 어렵더라도 대통령께서 결정을 해주셔야겠습니다."

"검찰청장은 정무수석이 추천한 사람입니다. 그렇다면 정무수석도 쳐내야 된다는 이야기가 되는데……."

박무현 대통령이 말꼬리를 흐리자 정 의장의 얼굴이 슬며시 굳어졌다.

속으로는 그 이야기를 하고 싶었다.

하지만, 정무수석은 박무현 대통령의 수족 중 한 사람이었기 때문에 차마 말을 꺼내지 못했던 것이다.

그러나 대통령의 표정은 곧 단호하게 바뀌고 있었다.

"지금 그자들은 전부 풀려났습니까?"

"그렇습니다."

"그건 안 되지요. 현행범이 풀려나면 법이 있을 필요가 없어요. 다시 잡아들여서 법의 준엄한 심판을 받도록 해야 됩니다."

"중국 측에서 외교 문제로 비화할 수도 있을 겁니다."

"그게 무서웠다면 제가 정 의장님께 그런 부탁을 했겠습니까. 걱정하지 마세요."

"그자들은 어쩔 생각이신지……?"

"나는 대통령으로 취임하면서 국가와 민족을 위해 이 한 몸 모두 바치겠다고 맹세한 사람입니다. 친분과 이해관계 때문에 망설인다면 이 땅은 외세의 비호를 받는 도둑들로 가득찰 겁니다. 모두 때려잡을 테니 뒷일은 저에게 맡기세요."

"이런 일이 앞으로 수도 없이 생길 겁니다. 자칫 대통령님께 위해가 될 수도 있습니다."

"청룡은 지금 뭐 하고 있습니까?"

"어제 삼합회의 수뇌를 잡겠다는 보고를 해왔다고 합니다."

"중국 정부가 움직일 수도 있다고 하지 않았나요?"

"그럴 가능성도 농후합니다."

"그들이 움직이면 청룡에게 위기가 닥치겠군요."

"……."

"그런 사람들도 있잖습니까. 목숨을 걸고 싸우는 사람들도 있는데 제가 받는 위해라 봐야 얼마나 되겠어요. 그러니 의장님, 뒷일은 제게 맡기고 돌아가십시오."

*　　　　*　　　　*

강태산은 홍콩 외곽에 위치하고 있는 대저택을 바라보며 담배를 꺼내 물었다.

카페는 대저택이 한눈에 바라보이는 언덕에 위치하고 있었는데 커피의 향이 너무 좋았다.

'드래곤 로즈'의 사장인 마희춘의 입을 열게 만드는 데는 정확하게 30분밖에 걸리지 않았다.

놈은 최성철이 '드래곤 로즈'에 왔을 때부터 엽청에게 인도될 때까지의 일을 모두 토설했는데 화장실을 몇 번 간 것부터 저녁에 뭘 먹었는지까지 모두 끄집어냈다.

처음의 강단 있던 모습은 30분이 지나자 눈물 콧물로 도배되어 보기 안쓰러울 지경이었다.

엽청이 있을 만한 곳을 알아낸 것도 마희춘에게서 들은 것이었다.

놈은 삼합회에서도 고위 간부였고 엽청의 수족 중 하나라서 엽청의 비밀 아지트를 여러 개 알고 있었다.

그중 하나가 지금 강태산이 서 있는 구룡반도 외곽의 대저택이었다.

강태산은 '드래곤 로즈'를 벗어나면서 마희춘뿐만 아니라 경계를 서고 있던 자들과 자신의 얼굴을 본 매니저까지 모두에게 망혼술을 펼쳤다.

망혼술은 무림에 있을 때 배운 것으로서 뇌호혈과 강간혈을 자극해 하루 동안의 기억을 모두 없애는 비술이었다.

지난 십 년간 청룡의 작전을 수행하면서 털끝 하나 다치지 않고 돌아올 수 있었던 것은 망혼술의 효능 덕분이 컸다.

지금 강태산은 혼자였다.

마희춘이 토해낸 엽청의 비밀 아지트는 모두 다섯 개였기 때문에 이곳 대저택을 뺀 나머지로 요원들을 보냈던 것이다.

함부로 움직이지 말라는 지시와 함께.

삼합회에는 온갖 스페셜리스트들이 존재한다는 소리를 들은 적이 있었다.

무공을 익힌 고수들과 암살자들이 득실대기 때문에 언제 어떤 위험이 닥칠지 몰랐다.

하지만 그가 요원들에게 움직이지 말라는 지시를 내린 것은 요원들의 위험보다는 완벽하게 목적을 달성하기 위함이 더 컸다.

이번 작전은 수많은 적들을 상대해야 되는 전쟁터에서 싸우는 일이 아니었다.

IX-500을 되찾기 위해서는 소리 소문 없이 쥐도 새도 모르게 움직이는 것이 최상의 선택이었으니 괜히 어설프게 건드리는 건 좋은 방법이 아니었다.

강태산은 담배를 빼어 문 채 대저택이 보이는 카페에서 커피를 마시며 시간을 보냈다.

저녁 6시가 넘었기 때문에 서서히 해가 서편으로 지면서 노을이 피어나고 있었다.

아름답다.

이국에서 바라보는 노을도 서울에서 바라보는 노을만큼 아름다웠다.

담배를 비벼 끄고 천천히 자리에서 일어난 강태산은 대저택으로 들어가는 검은색 세단의 행렬을 말없이 바라보았다.

다섯 대의 세단은 마치 먹이를 찾아 헤매는 개미 떼의 행진처럼 대저택의 문을 통해 안으로 들어서는 중이었다.

어둠이 내리자 대저택의 규모는 낮보다 훨씬 커졌다.

황홀하다는 생각이 들 만큼 온갖 조명이 켜진 저택은 아름다웠고 신비로웠다.

어둠 속에서 저택으로 다가간 강태산은 후미진 곳을 통해 태을경공을 시전했다.

3m에 달하는 담벼락은 그에게 아무런 장애조차 되지 않았다.

경계를 피하겠다는 생각으로 은밀하게 저택 안으로 들어왔으나 마당에는 아무도 보이지 않았다.

기분이 묘하다.

홍콩의 삼합회 지부장은 서열 3위에 속할 정도로 죽문에서는 고위 간부였는데 아무런 경호가 없다는 것은 이상한 일이었다.

찌르르 울리는 경고음.

이런 경고음이 울릴 때마다 심각한 위험이 다가온다.

그럼에도 강태산은 쓴웃음을 지은 채 은밀하게 스며들려던 생각을 바꿔 저택의 정문으로 걸어갔다.

그런 후 정문을 열었다.

스르륵…….

부드럽게 정문이 열리면서 거대한 내부의 모습이 고스란히 드러났다.

웃음이 나왔다.

문을 열고 안으로 들어서자 삼십여 명의 사내들이 자신을 바라보고 있는 것이 보였기 때문이었다.

무겁고 칙칙한 목소리가 흘러나온 것은 중앙 소파에 앉아 있던 중년인의 입을 통해서였다.

"오느라 수고했다."

"네가 엽청인가?"

"맞아."

"내가 오는 걸 어떻게 알았나?"

"마희춘이 완전히 병신이 되었더군. 놈은 지가 무슨 일을 당했는지도 몰랐어. 그래서 비호를 보내 조사했지. 아참, 자네는 비호가 누군지 모르겠구만. 먼저 비호를 소개해 주지. 비호!"

엽청이 슬쩍 부르자 뒤편에 있던 사내가 한 발 앞으로 나섰다.

끝을 알 수 없을 정도로 가라앉은 눈을 가진 사내.

중키에 가느다란 몸매를 지닌 사내는 마치 한 자루 검을 보는 듯 고요한 기세를 뭉텅거리며 뿜어내고 있었다.

"이 친구가 비호야. 우리 회에서 키운 무공의 고수 중 한 명이지. 자네 역시 무공을 익힌 것 같더군. 혼망을 쓴 걸 보면 말이야."

"혼망이 뭐냐?"

"자네가 한 것이 혼망 아니었나. 사람의 기억을 삭제하는 것 말이야. 어때, 내 말이 맞지?"

"삼합회에 갖가지 괴물들이 많다고 하더니 망혼술을 아는 놈까지 있구나. 참 재미있어."

"한국에서 온 거냐?"

"아니."

"그럼?"

"지옥에서."

"크크크… 장난질을 치는군. 배짱 하나는 두둑한 놈이야. 나머지 놈들은 어디 있나?"

"너희 정도는 나 혼자로도 충분하다."

"쯧쯧… 몇 놈 더 있을 것 같아서 잔뜩 준비했더니 쑥스럽구만."

엽청이 혀를 차면서 고개를 흔들었다.

그의 시선이 가는 쪽으로 눈을 돌리자 비호라고 불리는 자처럼 예리한 기세를 가진 자들이 넷이나 더 있었다.

아니다, 그자들뿐만 아니라 더한 괴물도 보였다.

바로 맨 뒤쪽에 조용히 서 있는 노인이었다.

노인은 그저 서 있는 것만으로도 위압감이 느껴질 만큼 고요한 기세를 보이고 있었다.

강태산의 입이 다시 열린 것은 그의 시선이 사내들을 주욱 둘러본 후 엽청에게 돌아왔을 때였다.

"재미있을 거야. 기대해도 좋아. 그리고 오늘 너는 태어나서 가장 뜨거운 하루를 보내게 될 테니 기다리고 있어. 시간이 없으니까 슬슬 시작하지. 무게 잡고 있는 놈들을 보면 온몸이 근질거리거든."

『투신 강태산』 3권에 계속…

미러클 테이머

인기영 장편소설
FUSION FANTASTIC STORY

MIRACLE TAMER

이계로 떨어져 최강, 최고의 테이머가 되었다.
그러나… 남은 것은 지독한 배신뿐.

배신의 끝에서 루아진은 고향 지구로 되돌아오게 되는데……
몬스터가 출몰하기 시작한 지구!
그리고 몬스터를 길들일 수 있는 테이머 루아진!
그 둘의 조합은……?

『미러클 테이머』

바야흐로 시작되는
테이머 루아진과 몬스터들의 알콩달콩한
대파괴의 서사시!!

Book Publishing CHUNGEORAM

유행이 아닌 자유추구 -
WWW.chungeoram.com

이모탈 퓨전 판타지 소설
FUSION FANTASTIC STORY

용병들의 대지

Road of Mercenaries

이 세계엔 3개의 성역이 존재한다.
기사들의 성역, 에쿼스.
마법사들의 성역, 바벨의 탑.
그리고… 그들의 끊임없는 견제 속에 탄생하지 못한

『용병들의 대지』

전쟁터의 가장 밑을 뒹굴던 하급 용병 아론은
이차원의 자신을 살해하고 최강을 노릴 힘을 가지게 된다.

그의 앞으로 찾아온 새로운 인생!
아론은 전설로만 전해지던
용병들의 대지를 실현시킬 수 있을 것인가!

Book Publishing CHUNGEORAM

FUSION FANTASTIC STORY

텀블러 장편소설

현대
천마록

천하를 호령하고 전 무림을 통합한
일월신교의 교주 천하랑.
사람들은 그를 천마, 혹은 혈마대제라고 불렀다.

『현대 천마록』

무공의 끝은 불로불사가 되는 것이라 생각했지만
그로서도 자연의 섭리 앞에선 어쩔 수 없었다!

'그렇게 많은 피를 흘렸음에도 불구하고
죽을 때가 되니 남는 것이 없군그래.'

거듭된 고련 끝에 천하랑의 영혼이
존재하지 않게 된 그 순간
그의 영혼은 현세에서 천마로서 눈을 뜬다!

Book Publishing CHUNGEORAM

유행이 아닌 자유추구 -
WWW.chungeoram.com

FUSION FANTASTIC STORY

가프 장편소설

시크릿 메즈
SECRET MEZ

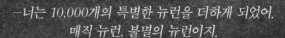

—너는 10,000개의 특별한 뉴런을 더하게 되었어.
매직 뉴런, 불멸의 뉴런이지.

실험실 알바를 통해 만난 '6번 뇌'.
우연한 만남은 이강토를 신비의 세계로 이끈다.

『시크릿 메즈』

매직 뉴런을 탑재한 이강토의
정재계를 아우르는 좌충우돌 정의구현!
긴장하라, 당신이 누구든 운명은 이미 그의 손안에 있으니!

"무슨 꿍꿍이가 있는지, 어디 한번 봐볼까?"